GC NOVELS
かませ犬から始める
天下統一
人類最高峰のラスボスを演じて原作ブレイク
2
Yayoi Rei
弥生零
Illustration
狂zip

シリル

ステラ
ジル

「世界を侵すは我が魂――」
――目の前の少女の〝輝き〟は、
この目でしかと見届けるべきだと、
そう思ってしまった。

GC NOVELS

かませ犬から始める天下統一

人類最高峰のラスボスを演じて原作ブレイク

2

Yayoi Rei

弥生零

Illustration

狂zip

CONTENTS

第一章　【伝道師】降誕

「お前の底を、俺様に見せてくれ」

堂々たる笑みを浮かべ、不遜な言葉を放つ紅髪の青年。

その身から溢《あふ》れる闇は最高眷属のそれを凌駕し、周囲に放つ圧力は世界をも軋《きし》ませる。落ち着き払ったマフィアのボスのような風格は、見る者全てを跪《ひざまず》かせるだろう。現に恐怖によるものか、エミリーは完全に固まってしまっていた。存在するだけで他を圧倒するその姿はまさしく、〝超越者〟と呼ぶに相応しい。

「……」

突然現れた謎の実力者に、俺の目は自然と細まっていた。

（……何者だ？）

内包する闇の力は桁違いで、なおかつ最高眷属とやらの肉体と成り代わるようにしてのご登場。

初対面にも拘《かか》わらず先程の戦闘模様を認識している素振りなのは、最高眷属を通して見ていたからと仮定。

（……おそらく）

あくまでも奴の言葉がフェイクではないことを前提とした考察になるが、数少ない奴の言葉から察するにオリ主ではない。いや正確には、少なくとも原作知識を有している類のオリ主ではない。

さて、これらの情報から推測するに――

「貴様、【伝道師】とやらか」

「ああ。そういえば名乗っていなかったな、失礼した。如何《いか》にも、俺様が【伝道師】だ。察しの通り、【魔王の眷属】の長を務めている。まあ連中は所詮、俺様の目的成就のための道具に過ぎんがな」

【伝道師】。

原作アニメでは一切顔を見せていない謎の存在。そんな彼に関する情報は、あまりにも少ない。もといい、皆無といっても過言ではない。

（まさか実在していたとはな。ファンの間でも「いないでしょ」扱いされていた人物だぞ）

具体的には【魔王の眷属】が狂人集団だったことと出オチ集団だったことの二点を理由に、ファンの間で〝【魔王の眷属】が集団幻覚に陥った結果生まれた妄想の産物説〟という考察すら浮上していたくらいには。

まあ要するに、原作では名前でしか登場しなかった人間……人間？　という訳である。

「こう見えて、俺様は結構興奮していてな。何せ、初めてだ。初めてなんだよ、俺様と同じような存在を見たのは」

それが何故、こうして顔を出してきたのだろうか。

いや、答え自体はなんとなく分かっている。

先の言葉から推測するに、向こうは俺のことを〝志を同じくする人間〟と認識しており、その志とやらは〝完全な存在〟に至ること。

つまり奴の言葉を信じるならば——奴が現れたのは、奴が俺に対してシンパシーのようなものを感じたからに他ならない。

「見れば分かる。こうして直接対面し、肌で感じ取れば更によく分かる。お前は、人間でありながら人間ではない存在に足を踏み入れようとしている。人間という存在の限界を破り、超常的な存在へと至ろうとしているんだ。それも、俺様とは全く異なる手法でな」

では逆に、何故原作では顔を出さなかった？

原作での最高眷属の登場時期と退場時期から考えるに、神々や【熾天】の強大さに臆したのだろうか？　だとすれば、【伝道師】の実力は少なくとも神々や【熾天】には届かないという仮説を立てることができる。

あるいは神々や【熾天】とは致命的に相性が悪すぎるが故に隠れ潜んでいたという仮説を立てることもできるが、それはそれで俺が操る【神の力《ジル》】なら優位に立てることを意味している。天界に近い環境では不利な場合も同様。つまり、俺としてはどっちの仮説でもやることに大差はない。

「良いな。良い。分かる、分かるぞお前の気持ちは。絶対的な存在として君臨したい……俺様もそう思って、今もこうして行動している」

奴の言葉に耳を傾けつつ、俺は思考を巡らせる。

原作ではあり得ない状況であるが故に、脳死で行動するなんてのは言語道断だ。

原作で未登場だった【伝道師】が現れた以上、実際に〝魔王〟なんてものが存在する可能性だって浮上してしまうのだから。

（いや。奴の言葉から察するに、むしろ現時点では魔王は実在しないのか？）

奴が【魔王の眷属】を組織した目的が魔王を信奉するためではなく、奴の言葉通り己《【伝道師】》の目的を達成するためなのだとすれば。

魔王はただのプロパガンダ、つまり人を集めるための偶像的存在ということになる。

もしくは奴の目的たる〝完全な存在〟を、魔王と呼ぶのかもしれんが……。

（ふむ……）

奴の目的、実力を推定。

同時に、この事態が俺にとって理想の形に終着するような過程を脳内で描く。

そして――

「ではやろうか」

そう言って、【伝道師】が右の手を衿《えり》から引き抜いた。

それから俺に右の掌を向けて――

「ほう」

――眼前に広がっていた掌を、俺は首を傾けて回避する。

そのまま回し蹴りを放ち、蹴りが着弾して生まれた反発力に身を任せて距離を空けた。

（速いな……だが）

対応できないレベルではない。今の攻撃も本気ではなさそうなので油断は禁物だが、臆する程でもないだろう。

「完全に見えていたか。やはり、根本的に生物としての格を上げているな？　さてさてどのような手品で、どのような方向に進化しようとしているのやら」

愉《たの》しそうに笑う【伝道師】。その瞳はギラギラと輝き、放たれる圧力が少しずつ上昇していく。

「しかし今の蹴りもそうだが……何故、本気を出さない？　そうして俺様を観察している間にも、いくらでも動けただろうに。俺様相手では不服か？」

「……」

「確かに今の俺様はゴミの肉体を依り代にしているが故に弱体化しているが、それでもお前よりは強いぞ？　そら、底を見せろよ雛鳥《ひなどり》。俺様はそれが見たいんだ。そのためにわざわざこうして、貴重な時間を割いてやっているんだからな。出し惜しみなどというつまらん真似をするな」

§

鋭く伸ばした爪を、横薙ぎに振るう。

人間を紙のように細切れにするその一撃は、しかし空気を裂くだけに終わった。

「よく躱《かわ》す」

「……」

軽口を叩く【伝道師】だが、対するジルは完全に無言。冷然とした様子は崩れる気配がなく、焦った様子も一切見られない。


その後も次々と、【伝道師】は腕を振るった。


振り下ろす。回避される。

爪に闇を纏わせ、それを衝撃波のように放つ。回避される。

では串刺しにしてやろうと爪を矢のように射出する。回避される。

「とはいえ、躱してばかりではつまらんな。他には何もできんのか？」

「貴様の方こそ、爪を用いた攻撃以外に芸はないのか？」

「そんな訳がないだろう」

直後のことだった。

血のように紅く、心臓のように脈動する槍が、ジルを囲うように次々と浮かび上がる。それら槍の軍勢の鋒《きっさき》は全てジルの方向へと向けられており、【伝道師】が号令を掛けた途端に彼の肉体は串刺しと化す――はずだった。

「神威解放」

言葉と共に、ジルを中心に〃見えざる何か〃が放たれた。

その〃何か〃に肌がざわめく【伝道師】だが、そんなことは気にも留めずに、彼は目の前の現象を注視する。


即ち、ジルの周囲を旋回していた血の槍が膨張し、爆散した現象を。


槍が爆散したことによって血の雨が降り注ぐが、しかしジルと彼の抱える少女がそれに濡れることはなかった。まるで不可視にして不可侵の力場が発生しているかのように、血の雨は二人に当たらなかったのである。

「……それだ」

理解できない力だった。

全くもって解析不能な現象だった。

されど現実として起きたのは、自らの〃力〃を根源とした技が完全に打ち破られたという結果。

それを見て。

「そう、それだ！　それこそが、お前の真価！　俺様が人間を超えるための〝核〟を用意したのと同じで、お前はそれを〝核〟とする事で人間の域を逸したのだな⁉」

それを見て、【伝道師】は表情を歓喜で歪めた。

「だが足りない。お前にはまだまだ底があるだろう？　何故隠す？」

【伝道師】が肉体を闇で包み込み、次の瞬間にはジルの背後に現れた。そのまま不意打ち気味に、彼は黒い闇を纏った拳を放つ。

対して、背後を振り返ったジルは〝何か〟を纏った足でその一撃を受け止めた。

瞬間、ぶつかり合う二人を中心に発生した衝撃波が拡散し、眼下の木々を薙ぎ倒していく。だが、二人の絶対者はそんなことを気にも留めない。

「お前の全力を縛るのは、抱えているその小娘か？　小娘を気遣い、動きも制限されているのだろうしな。よし、ならばまずはその小娘を――」

【伝道師】の言葉を遮るかのように、ジルの蹴りが彼の顔面に炸裂した。

思わず仰け反った【伝道師】だが、しかしその顔には傷一つ付いていない。

「その反応。やはり小娘も一因か」

反撃とばかりに、【伝道師】が蹴りを放つ。

エミリーを右腕で抱えながら、ジルはそれを左腕で受け止め――

「……！」

「ジルくん！」

受け止め、その腕は【伝道師】の足から生えた血の棘によって串刺しにされた。

「チッ」

舌を打ち、ジルは血の棘から左腕を引き抜きながら後方へと飛ぶ。

その行動を眺めていた【伝道師】は、どこか冷めた表情で。

「常に全身へあの力を巡らせ続ければ良いものを。お前、その小娘に負担をかけないようにかなりの制限を己に強いているじゃないか」

「……」

「実際、その力は間違いなく常人には毒だろう。放出する際も、お前は小娘には触れないように気を遣っていたしな。だがな雛鳥、それでは俺様の一撃を防ぐのに出力が足りんし、一人であれば回避可能な攻撃を、あえて防がなければならんぞ」

それに、と【伝道師】は周囲に視線を巡らせた。

「よく見れば、周囲を結界が覆っているな？　……成る程、そういう事か」

肩に付いた汚れを手で払いながら、彼は言葉を続けた。

「お前はなんらかの目的をこの地に見出している。本気を出し渋るのは、本気を出せばお前にとって不都合な結末を招くからという訳だ」

「……」

「お前の都合は理解した。確かに、底を出し渋るのは必然だろう。お前の本気は、有象無象を薙ぎ払うには十分すぎるのだからな。ああ、理解したとも。だがな雛鳥、俺様にとってお前の事情はどうでも良いんだよ」

心底くだらないといった様子を隠すことなく、【伝道師】が右手を軽く上げる。

空間が揺らぎ、紅と黒の混ざり合った力が彼の右手に収束され、徐々に形を成していった。

「俺様がお前の都合に付き合うんじゃない」

ゆっくりと、しかし着実にそれは完成へと近づいていく。それの鋒が森の周囲を覆っていた結界に触れると同時、結界を強引に打ち破って、その全てを崩壊させた。

そして。


「お前が俺様の都合に付き合え、雛鳥」


そして、上空の雲を裂く程に巨大な槍が、【伝道師】の手元に顕現する。

聳《そび》え立つ槍はあまりに高く、それこそ頂きの見えない塔のよう。

それを、
それを、

「この国が在るせいでお前が本気を出せないというのなら、まず俺様がこの国を終わらせてやる」

それを、【伝道師】は振り下ろそうとしている。

山を一撃で崩壊させるであろう一撃を、視線の先にある魔術大国首都へと振り下ろそうとしている
――ッ！

「や、やめて！」

ジルの腕の中にいるエミリーが悲痛な表情で叫んだが、【伝道師】は薄気味悪く笑うだけ。見る者を竦《すく》ませる笑みを携えながら、彼はゆっくりと腕を動かした。

「そういえばお前も、届かぬ星に手を伸ばす者だったな。ならば後学のために教えてやる。これが強者の特権というものだぞ小娘。世界とは、須《すべか》らく強者の都合で動くものだ。故に今この場で最も強い俺様の都合で、この小さな世界は滅びを迎える……。――喝采し、刮目しろ。神話とは、悉《ことごと》く滅びから始まるものだ」

そして、国を破壊する一撃は振り下ろされた。

§

「！」

結界が破壊されたことに気づくのは、術師として当然のことだった。

森の外でステラとキーランの治療に専念していたクロエは、反射的に空を見上げる。

「……なに、あれ」

「……」

ステラが呆然とした様子で空から差し迫る〝天井〟を眺め、キーランは何かを思案しながら無言で瞳を輝かせる。

……そんな弟子の姿を見たのは、初めてだった。

「な、なんだ⁉」

「何かが落ちてくるぞ⁉」

「何かってなんだよ！」

「分かんねえよ！　デカすぎて全体が見えねえ‼」

「ま、魔導書を守りに行かないと……」

「研究成果を守れ！　超級魔術を使えるものはあれを防ぎ――」

「あそこにはホルマリン漬けにされた友達が――」

いつもはなんだかんだで楽しそうな人々が、初めて切羽詰まったような声をあげている。

それもまた、クロエには初めてのものだった。

「……」

それらの光景を横目に、クロエは目を瞑る。


あれは、あの一撃は国を破壊する。

あらゆる建造物を倒壊させ、人々の命を絶やし、何もかもを薙ぎ倒す。

勿論、一撃で全てが決する訳ではないだろう。

だがしかし、あれを数回振り下ろされれば国は終わる。それが可能だと、クロエは感覚で理解していた。

故に、
故に、クロエは動く。

「……【禁術】解放　絶対凍結《ニヴルヘイム》」

世界最強の魔女は、【禁術】を使用した。

§

「ほう」

凍てつき、速度が減衰し始める槍を見て、【伝道師】は愉快そうな声をあげた。

いや、変化したのは槍だけではない。

蒼天が曇り始め、気温が一気に氷点下に達し、今なお下がり続けている。

森の全てが凍結し、吹雪が周囲一帯を覆い潰した。

今こうしている瞬間にも、世界は変化している。世界そのものを変化させる絶技が、何者かによって行使されている。

それを理解してなお、【伝道師】は笑っていた。

「面白い。この空間全てを支配下に置いているな？　どこの誰かは知らんが、俺様や雛鳥ほどではないにしろ、人間の領域を超えている。成る程、これが【禁術】か」

だが、と【伝道師】は笑う。

「俺様を止める事はできんぞ」

「……させない」

小さな声が、【伝道師】の背後から響いた。

ゆっくりと肩越しに振り返った【伝道師】の視界に映るのは、小柄な白い少女。

この空間の創造主を見て、【伝道師】は薄く微笑む。

「お前がこの術の使用者か、悪くない術だ。しかし術と異なり、お前自身は人間の領域を超えてはいないらしい。にも拘わらず【禁術】を使えているのは、ある意味興味深くはあるがな。人間には使用できないものの類と考えていたんだが……」

「……？」

「そして理解にも及んでいない、か。悲しい事に俺様は、お前への評価を二段階ほど下げる必要があるらしいぞ」

「あなたからの評価は心底どうでも良い」

「そうか。だがな、俺様もお前の意見なんぞどうでも良い」

【伝道師】が腕に力を込める。

途端、不気味な音が響くと同時に、槍の動きを封じていた氷が少しずつ剥がれ始めた。

それを察知したクロエによって新たな氷が槍に張り付いていくが、それよりも槍が動きを取り戻す方が早い。

「王手だ」

「……なら、こう」

槍を凍結させて暴威を止めることは難しいと判断したクロエが小さな拳を握ると、【伝道師】の体が凍結し始めた。氷の塊に、【伝道師】の肉体が埋もれていく。

「……ほう？」

動きが鈍り始める自身の肉体を見て、【伝道師】はやれやれといった風に首を横に振る。

「興味深いな。この空間の中であれば、お前は自らの意思で万物全てを凍結させる事ができるらしい。まさか、俺様の力の根源すらも凍結させに掛かるとは思わなかったぞ。その術……空間内であれば概念すらも凍結させかねんな」

だが、と【伝道師】は言葉を続けた。【伝道師】を覆う氷の中から、黒い光が溢れ出す。

「決定的な弱点がある。出力で完全に上回られてしまえばどうしようもないという、単純故にどうしようもない弱点がな」

そして次の瞬間、【伝道師】の肉体を覆い始めていた氷の膜が、木っ端微塵に砕け散った。

表情を険しくさせたクロエに、いっそ不気味なほど優しい声音で【伝道師】は声をかける。

「存在としての格が人間の範疇に収まってしまっているが故に、お前はそこ止まりなんだ。とはいえ、人の身にしては上出来だ。そうだな、俺様がお前を人間から昇華させてやっても良いが」

「あなたの手ほどきを受ける気はない」

「残念だ。まあ、正直どうでも良いが」

そう言って、【伝道師】は左手をクロエに向けた。

血の槍が炸裂し、しかしそれはクロエに着弾する直前に凍りついて落下する。

笑みを深めた【伝道師】は、そこでようやく体ごとクロエと向き合った。

「流石に人類の終着点には位置するだけあって、片手間では倒せんか。ではまずはこの槍を、お前にぶつけるとしよう」

「いや、そうはさせん」

何かの力が逆巻くのを、【伝道師】は感じた。

直後、亀裂が走る音と共に、右手の上に顕現していた巨大な槍が砕け散る。

「ほう」

右手を下ろし、【伝道師】は視界に入った存在に己の口の端を吊り上げた。

先程までとは纏う空気が異なる、少年の存在に。

「これを容易く破壊するか」

凄絶な笑みを浮かべる【伝道師】。

だがその表情は、ジルの言葉を受けて困惑へと変化した。

「貴様如きに、我が師を殺させる訳がなかろう」

「……我が師？　お前とそこの術師では、存在の格からして師弟関係が成り立つとは思えんが……。いや待て。それより、手ぶらじゃないか。小娘はどうした？」

「結界が消えた以上、私が彼女を抱え続ける必要はなくなった。貴様の意識が、一時的に我が師に移ったのも一因だ。加えて幸か不幸か、私には私の意図を私以上に理解する部下がいてな。まったく、このような危険地帯にわざわざ出てくるなど……」

「……」

【伝道師】はジルの言葉に押し黙り、思考を巡らせる。

仮にその言葉が真実だとすれば、その部下とやらは自分《【伝道師】》に気配を悟らせることなく近くまでやって来て、小娘を受け取ったということになるのではないか？　と。

理解し難い状況に、さしもの【伝道師】も言葉が出ない。


――と。


「これで、あらゆる意味で私の制限は解けた」

「……何？」

「ジル？」

「今この空間は、我が師の【禁術】に内包されたあの力で満たされている。この状況であれば、私が多少力を使ったところで他国の人間にバレはしない。視覚による情報漏洩に関しても、この猛吹雪の中で他国から私の姿を目視できる存在などいるものか。そしてこの国の人間相手であれば、目視されても問題ない状況に持ち込む事もできた。――この時だ。この時を待っていた。少なくともこの空間の中であれば、他国の人間に勘づかれる事はない。賭けの要素もあったが……」

「なんだ、お前は何を言っている……？」

「業腹だが、貴様を叩き潰すには私もそれなりに本気というものを出さねばならんらしい。だが私の真の目的を考えると、それを行うには下準備が必要だった。そして今、その下準備は完了した」

そして。

「神威解放。【天の術式】、起動」

そしてジルを中心に、世界が変化する。

それを見た【伝道師】は困惑の表情を笑みに変え、クロエは無表情から軽く目を見開いた。

「ようやくか、待ち望んでいたぞ」

「ジル、それは……」

「その通りだ、我が師。私も、あなたと同様【禁術】をこの身に刻んでいる」

「……」

「……何故、無言で頭を撫でる」

「廃人になってなくて良かった」

「……そうか」


「面白い。面白いぞ」

【禁術】の使い手に、自身と同じく〝完全な存在〟へと踏み込もうとしている者。

それらの真価を見定め、そして自分が〝絶対〟へと至る足掛かりにしてみせよう。

「お前達であれば、俺様も名乗りを上げてやろうじゃないか」

【伝道師】が、背後に無数の巨大な血の槍を展開させる。

ジルの全身に、【神の力】が巡り始める。

クロエの周囲が、パキパキと音を立てて凍てつき始める。

「俺様の名前はエーヴィヒ。喜べよお前達。俺様の目的成就の踏み台として、お前達は選ばれたぞ」

「……貴様は跡形もなく殺してやろう」

「あの人。ジルの地雷を踏んだ気がする」


直後、三つの影は交錯した。

§

「ではまずは俺様の手番だ」

放たれるは血槍《ちそう》の軍勢。

もはや槍ではなく塔と形容した方が相応しい威容を誇るそれらが、音速の十倍を遥かに凌駕した速度で射出され、猛吹雪を引き裂きながら標的に向かって突き進む。

一槍一槍が山を穿ち、街を破壊する暴威の具現。その軍勢が、個人に向けられるという狂気。

だが、

「くだらん」

「……」

だがその軍勢が、標的を殺すことはなかった。

ジルに向かった血槍。その全てがジルに触れる前に膨張して爆散し、血の雨と化す。

クロエに向かった血槍。その全てはクロエに触れることなく凍結し、勢いを失って大地へと降り注ぐ。

白い世界が血潮に塗《まみ》れ、少し遅れて地を揺らす轟音が響いた。

「いやいや、中々に痛快な光景――」

明らかに規模がおかしい光景を見て、エーヴィヒは玩具を与えられた子供のように笑う。

いや事実、彼にとって目の前の光景は玩具のようなものなのだろう。地図を容易く書き換える領域に至る存在など、この世界にどれだけいるのやら。彼の記憶の中にも、これほどの領域に至った存在はそう多くなかった。

故に、彼は笑う。あまりに清々しすぎる光景に、思わず笑ってしまう。

笑って、その顔面が一瞬のうちに凍結した。

「……砕けろ」

「先程も言っただろう。お前のそれは、俺様に直接ダメージを与えるには出力が足りんとな」

そのまま氷ごと顔面を砕こうと拳を握りしめるクロエだったが、しかし砕け散ったのはエーヴィヒの顔面を覆い尽くしていた氷だけ。

砕けた氷の中から現れたエーヴィヒの涼しげな表情を見て、クロエは僅かに顔を顰《しか》める。

「シンプルに強力な力というものは分かりやすく強いが、しかしそれを超える力には届かないのが世の常だ。お前では俺様には勝てんよ」

「随分と講釈を垂れるのが好きらしい。【伝道師】という役職はお似合いのようだな？　エーヴィヒとやら」

いつの間にかエーヴィヒの頭上に現れていたジルが、【神の力】を纏った足を振り下ろす。

それを察知していたエーヴィヒは血槍を複数展開することで、振り下ろされたジルの足を串刺しにしてやろうとしたが――

「硬いな」

それらを粉砕してなお勢いが衰えない蹴りを見て、右腕を頭上に掲げた。

直後。ジルの足とエーヴィヒの腕が激突し、周囲を揺るがすような轟音が響く。

大気が震える程の衝撃を生じさせるその蹴りは、頑丈な鎧であろうとガラス細工のように砕くだろう。

「良い蹴りだ」

が、エーヴィヒの腕は健在。あれだけの衝撃が発生したにも拘わらず、その腕は全くの無傷だったのだ。

愉しげに微笑むエーヴィヒと、奇怪なものを見たかのように目を細めるジル。

「貴様」

ジルの視線の先。そこで、赤く硬いものがエーヴィヒの腕を覆っていた。罅《ひび》割れ、もはや原形をとどめていないそれは、ジルの蹴りを防ぐためにエーヴィヒが咄嗟に展開した籠《こ》手《て》のようなもの。血を凝固させることで、咄嗟《とっさ》に生成した防具だった。役目を終えたそれが霞のように消えていく光景を横目に、エーヴィヒは笑う。

「闇はともかくとして、血であればお前の〝何か〟に対して致命的に相性が悪いという訳ではないらしい。少なくとも、強度を固めていれば問答無用で消し飛ばされはしない程度にはな。そして鎧を通して体に奔《はし》った衝撃で骨が折れる程度の損傷であれば、俺様にとってさしたる問題は——」

エーヴィヒの軽口に対するジルの返答は、風の刃による一撃だった。それを紙一重で回避したエーヴィヒの視界から、ジルの姿が掻き消える。

瞬間、超高速でエーヴィヒの懐に飛び込んだジルの肘が、エーヴィヒの腹へと突き刺さる――寸前、間に挟まれたエーヴィヒの右手によって防がれていた。

一方で、反撃とばかりにジルの顔面を左手で鷲掴みにしようとするエーヴィヒの攻撃も、ジルの体から黄金の光が漏れ始めると同時に、それを嫌ったエーヴィヒによる前蹴りで互いの距離を離すだけの結果に終わる。

互角。

両者ともに決定打を譲らぬ攻防。その現実に、エーヴィヒは笑みを深めた。

「はっ」

周囲に血の槍を浮かべ、射出。それを回避したジルに対し、更なる攻撃を加えようとし――

「む？」

――エーヴィヒの頭上に、暗い影が差した。

その影の正体は、雪で創造された超巨大な右腕だ。人体どころか、屋敷を一軒丸ごと呑み込める規模の白き魔手。大地から伸びるそれが、エーヴィヒを握り潰さんと襲い掛かる。

「成る程、多芸だな」

だがそんな埒外な攻撃を前にしても、エーヴィヒが顔色を変えることはなかった。

血の槍が弾け、雪の手が四散する。それは元の形に戻ることなく、腹の底に響くような轟音を立てながら崩落していった。

「……？」

その光景に、エーヴィヒはやや首を傾げる。雪の手はクロエ《小娘》の制御下にあり、如何に攻撃を受けて形を失ったとしても、こうも容易く崩れる類のものではないはずなのだが、と。

「落ちろ」

その疑問の答えは、雪雪崩《ゆきなだれ》によって遮られた視界の隙間から振り下ろされた拳による一撃で判明した。先の魔手は、こちらの視界を奪うための陽動であったと。

拳を受けて真下に吹き飛ばされたエーヴィヒの体が白い大地に激突し、積もっていた雪が巨大な柱のように舞い上がる。

「……」

完全に体が雪の中に埋もれたエーヴィヒ。

しかし眼下の光景を睥睨《へいげい》するジルは、浮かない顔をしていた。

そして、そんなジルの表情を見たクロエは、エーヴィヒがまだ死んでいないであろうことを察する。

ならばと追撃を仕掛けるべく、体に刻んだ術式に力を巡らせようとした、まさにその瞬間。

「しかし分からんな、その力の根源」

雪に包まれた大地の下から、この状況にはそぐわないほど軽い声が響いた。

「【氷の魔女】とやらも似たような力を扱っているようだが」

直後。雪の大地が爆発し、ダメージを負った様子がまるでないエーヴィヒが飛び出してくる。

「純度に差がありすぎる。振るう力に対する理解度の差如《ごと》きでは説明がつけられん程にな」

服に付着する雪を落としながら、気がつけば彼はジルに肉薄していた。

「雛鳥。その力を一体どこから得た？　あるいは、どのような手法を得てその力を生み出すに至った？　本当の意味での無から力が生まれる事はない。何かしらのタネがある事は分かっている。俺様に教えろ、雛鳥」

「ふん。他者から答えを得ねば辿り着けぬ時点で、貴様は三流に過ぎん。自分で考えると良い、下郎。尤《もっと》も答えを得るよりも、貴様が死ぬ方が早いがな」

「そうか。残念だ」

ジルが体から【神の力】を放出し、エーヴィヒは血槍を盾のように多数展開することで対抗する。

血槍の盾は一瞬にして崩壊したが、しかし【神の力】の直撃を避けることには成功していた。それを実感してエーヴィヒは笑い、新たな血槍を虚空に装填しながらジルに向かって突貫する。

「やれやれ、直接殴られた箇所の再生が遅い。分かってはいたが、お前の力相手にこの肉体は弱いらしい。俺様が苦労して確立したこの技術を、こうも容易く打ち破るとはな」

言葉とは裏腹に、エーヴィヒの笑みは崩れない。むしろもっと力を引き出せと言わんばかりの雰囲気を纏いながら、彼は右手を掲げて、

「だが、お前の対応から見えてくるものもある」

そして、血槍は射出された。

ジルに向かって超至近距離から放たれた血槍の軍勢。それにジルがどう対応するのか。そこを見極めようとしたエーヴィヒの一手は、しかし間に割って入ったクロエのアシストによって凍結されて砕け散り――――それを予測して動いていたジルの手から光の剣が放たれる。

ジルがクロエの実力と判断力を信じ、防御や回避に時間を割かずに放った一撃は、ジルが槍にどう対処するのかを分析しようとしていたエーヴィヒにとって、完全に想定外の一撃。故に、それを躱す間もなく、エーヴィヒの肉体は光の剣によって貫かれてしまう。

「やはり出力の問題か？　いや待て。そういえばお前の【呪詛】に対する評価は人の理《ことわり》に反する術……だったか」

だが、エーヴィヒはどこまでも平静だった。

エーヴィヒの胴体を刺し貫く光の剣。

それにより、エーヴィヒの全身に凄まじい痛みが駆け巡っているが、しかし彼はその痛みを無視したのだ。肉の焦げるような音がしようとも、一切気に留めることなく思考と言葉を続ける。

「人間に訪れる〝死〟という名の絶対の理《ことわり》を覆した俺様の力は、言われてみれば確かにその評価が相応しいのかもしれん。やはり、お前は〝何か〟を識《し》っているんだろう？　いや、識っていなくてもお前の視点は実に興味深い。根本的に、お前は物事の全てを俯瞰しているように感じる。まるで、この世界の大枠を見た事があるかのように」

ジルから蹴りが放たれ、エーヴィヒが後方に飛ぶ。そして、吹き飛んだエーヴィヒを追随するかのように、氷の波がエーヴィヒを呑み込まんと押し寄せた。山を消し飛ばす規模の大瀑布《ばくふ》が、魔術大国の宙《そら》を覆う。

「お前がその視点を得た経緯……そこが鍵か？」

その猛追を闇の放出と血の衝撃波で対処し、彼は胴体に突き刺さっていた光の剣を投げ捨てた。

そして彼は再生の遅い胴体を軽く撫で、悠然と空中に佇みながら、

「成る程な。なんとなく掴めた。だがまだだ。まだまだ俺様はお前の事を知りたくて仕方がない。それこそが、俺様が絶対へと至るための鍵に他ならないはずだ」

瞬間。エーヴィヒを中心に、世界が震え始める。

空間を覆っていた吹雪がエーヴィヒの周囲から消えていき、彼を中心に血と闇の入り混じった不穏なオーラが漂い始めた。

「俺様は絶対へと至る。そのために、この世の全てを解き明かしてみせよう」

そしてその全てが、彼の眼前で球状に収束していく。

一点に留まり続ける莫大なエネルギーによって空間が悲鳴をあげ、何もかもを押し潰そうとする力場が発生した。

「さあ、凌《しの》いで魅せろよ雛鳥」

そして、世界は黒く塗り潰される。

「俺様の偉業を見届けろ――――【絶】」

瞬間、クロエの【禁術】によって支配されていた世界を破壊しながら、その凄絶な一撃は閃光と化して放たれた。

猛吹雪を引き裂き、空間を抉り、音を消し飛ばす。夜の帳が下りたかのように、天が黒く塗り潰さ

れていった。

「……させない」

クロエがそう呟いた直後、【絶】の進行方向に氷が収束し、形を成していく。

そして何もかもを掃滅せんとジルに向かって突き進んでいく【絶】を防ぐべく、クロエはジルの前方に幾重にも氷の盾を展開させた。

「ほう」

ジルを守護せんと展開された盾を見て、エーヴィヒは感心したような声を漏らす。

国を破壊する一撃であろうと、なんなく防げる防壁。それをこうも瞬時に展開できる辺り、【氷の魔女】もやはり優秀であることに違いはないと。


だが、足りない。


「先に俺様が国を破壊しようと振るった槍をも受け止める強度だな？　だがな、その程度でこれは止められんよ」

その言葉の通り、クロエの展開した氷の盾は一瞬にして呑み込まれてしまった。

【禁術】を用いた盾であっても、減衰すらさせられない絶対の一撃。

もはや人類ではどうしようもない領域に在る〝暴威〟が、その一撃には秘められていたのだ。

「っ！　ジル！」

「さあ、どう動く？　雛鳥！」

そんな、人類ではもはやどうしようもない理不尽を。

「……ふん」

どうしようもない理不尽を冷然とした瞳で見据えながら、ジルはその両の手を広げた。

彼の全身を【神の力】が駆け巡り、【天の術式】が起動する。


「神代の叡智を刮目しろ――【光神の盾】」


そして、世界は光に包まれた。

ジルの両の手から天地を繋ぐが如き巨大な壁が顕現し、激しい光が周囲に拡散していく。

全てを一掃せんと突き進む闇と、超然と構える壁が激突し、

「……」

「くははは!!」


衝撃波が、世界を蹂躙《じゅうりん》した。


光の盾に亀裂が走ることはないが、同時に闇の閃光が衰える気配もない。

拮抗する力は周囲を破壊しながら、互いに己の〝絶対〟を譲らなかった。

「面白い！　面白いな！　全くもって理解できん法則が、その光から溢れている！　氷の世界も歪で人の領域を超えた力があったが、しかし常識までは超えていなかった！　いずれ成長すれば分からんが、現時点では既知の範疇には存在した！」

だが、とエーヴィヒは嗤う。

目の前の【光の壁】。あれは未知だ。完全に未知の存在だ。

その未知を解析することで、自分は更なる高みに至ることができるはず――ッ！

「お、ごっ⁉　が、ご……ッ！　く、はは……解析するだけで俺様の脳を破壊しようとするか！　根本的に、俺様とは相容れない性質を持っているという事か⁉　く、くははは！　愉しいなあ！」

哄笑《こうしょう》は止まらず、闇も消えない。

莫大な力に耐え切れないのか、エーヴィヒの両手が自壊を始めていた。再生しようとする力よりも、破壊し続ける力の方が強い。結果として、エーヴィヒの手はボロボロになっていく。

だが、エーヴィヒに攻撃の手を緩めるつもりは全くない。むしろジルの底の底を見るためにと、より一層力を込め始めた。

「お前が底を見せるのが先か、世界が終わるのが先か。さあ、どっちが」

続く言葉は出なかった。

声をあげていたエーヴィヒの顔面が、氷に覆い尽くされたからだ。

だがそれも、長くは続かない。パキパキ、と氷の軋む音が響くと共に、氷の膜は崩れ落ちる。

数秒足らずで顔面を露出させたエーヴィヒは不機嫌そうな顔で、自身の近くを飛んでいた白い少女を睨んだ。

「……もはや俺様にとって、お前は興味を抱くに値しない。飛び回るしか能のない蝿風情が、俺様の邪魔を――」

「――その飛び回るしか能のない蝿とやらの攻撃に時間を割いた。それが貴様の敗因だ、下郎」

何？　とエーヴィヒは真後ろから聞こえた声に目を見開く。

（莫迦《ばか》な、【光の壁】は健在。見れば分かるが、あれは理解不能な力を流し続ける事で展開される類の術。術者本人があの光に触れ続けていなければ、たちまち制御が失われ――）

エーヴィヒは知らない。ジルの用いる【天の術式】。それが、ジルが自らの肉体に刻んでいる術式に【神の力】を巡らせ続けているだけで永続すら可能な術だということを。

エーヴィヒは知らない。クロエの凍結攻撃がエーヴィヒに対して数秒時間を稼げるだけの効果があると把握したジルが、ここまでの戦闘図を思い描いていたことを。

「自らの不死性にでも驕《おご》ったか？　我が師の攻撃を、完全に無効化できていた訳でもあるまいにな」

故に、

「あの姿では貴様を潰すのに出力が足りんかもしれん」

故に、この幕引きは必然だった。

「喜べ下郎。私は貴様を、真の姿で跡形もなく消し去ってやろう」

隙を見て、青年の姿へと戻っていた《変化していた》ジル。その変化に対する驚愕も、エーヴィヒの思考を縛り、隙を作るのには十分すぎる役目を果たすのだから。

「この――！」

「遅い」

背後からエーヴィヒの頭を鷲掴みにしたジルは、【神の力】をエーヴィヒの肉体に直接流し込み――

「ゴッ、がアアアアアアアアアアアアアアアア！！！？？」

絶叫が、響いた。

（なんだこれはなんだこれはなんだこれは……ッッッ！！？）

自らの体内に流れ込んでくる〝未知〟に、エーヴィヒは凄絶すぎる痛みを抱く。

光の剣に刺し貫かれた時の痛みなど、比較対象にすることすら烏滸《おこ》がましい。

それは、自分が【呪詛】を生み出して以降一度も感じたことのないもので。

（ぐ、ご……ッ!? 分から……だ、がやばり、俺様の着眼点がば……ぐ、この、程度の依り代では――）

やがて、エーヴィヒは己の意識が遠のいていくのを感じた。

未知をまだ解析できていない。

それが、エーヴィヒにとって最も屈辱的なことだった。

エーヴィヒから放たれていた闇の光線が霧散していき、一方でジルがエーヴィヒへと流し込む【神の力】は増していく。

ここで確実に殺す、という意思を感じさせる程に。

「貴様の部下の扱う【呪詛】……羅刹変容《らせつへんよう》とやらは、面白い使い方をしていたな？　存在の核そのものを変容させる。……随分と愉快な術であった」

そこまで言って、ジルは冷笑を浮かべた。

見る者全てが怯え竦むような、そんな冷笑を。

「先の巨大な槍にしろ、莫大な闇の波にしろ……随分と、貴様は目立つ事が好きなようだ。ならば誰にも見られる事のない静かな幕引きこそ、貴様への罰として相応しかろう？」

言いながら、ジルから放たれる神威が増していく。

空間ごと押し潰してやろうと言わんばかりの圧力がジルの全身から放たれ、エーヴィヒの皮膚が崩れ落ちていく。

「尤も、貴様が本体ではない以上、さしたる意味はないだろうがな」

そして。

「では死ね」

返事はなかった。

不可視の一撃がエーヴィヒの肉体を内部から破壊し、鮮血が噴出する。

静かな結末が、ここに訪れた。

§

吹雪が止み、太陽の光が差し込む。森や大地を覆っていた雪と氷が溶け始め、元の世界へと回帰していく。

そんな光景を眺めながら、俺はエーヴィヒの体を投げ捨てた。

その姿は既にエーヴィヒのものではなく、俺が蹂躙した最高眷属の青年のものだった。

推測に過ぎないが、本体に影響が及ぶ前に憑依をやめて逃げたのだろう。あれが敵前逃亡するような玉には思えないので、逃げたという表現が正しいのかどうかは分からないが。

（【魔王の眷属】か……）

あの不死性や技術には、目を見張るものがある。加えて、その頂点たるエーヴィヒの実力は大陸最強格を凌駕するものだった。

神々由来の力を弱点としている時点で、俺としてはそこまで重要度は高くないが——奴が俺を知りたがっていたように、俺も奴を知りたくなっていた。

（少し、探りを入れる必要があるか……）

以前バベルが襲われた際は本腰を入れる程ではないと捨て置いたが、流石に最高眷属や【伝道師】がご登場となると放置という訳にもいかない。特に【伝道師《エーヴィヒ》】に関しては、本体の強さが全く読めない。今回とさほど変わらない可能性もあれば、跳ね上がる可能性もある。

最高眷属の肉体を借りる形の顕現でさえ、あの実力なのだ。もし仮に、本体であれば実力が跳ね上がるのだとしたら――

(厄介だな)

それに何より、奴は俺の地雷を見事に踏み抜いてくれたのだ。

俺の中の仮想敵の一人に、エーヴィヒの名前を刻んでおこう。

――と。

「ジル?」

「……然様《さよう》」

ふわふわと漂いながら、首を傾げてこちらを眺めてくるクロエ。そんな彼女と、俺はゆっくりと視線を合わせた。

二つの視線が、交錯する。

(ジルのキャラクター像的に、謝罪はあり得ないが)

しかし、それでも伝えなくてはならないことはあるだろう。俺は今回、様々な面で彼女を利用したようなものなのだし。

死の運命を回避するための行動なので全くもって後悔はないが、まあ、多少は誠意というものを見せるべきだ。不義理を貫くのは、俺のポリシーに反する。

故に俺は、クロエに言葉をかけるべく口を開いた。

「……私は、貴様を――」

「すごく成長した。肉体も急激な成長。びっくり」

「何故そうなる」

「この子は私が育てた」

「少し待て。良いか、私は――」

「自慢してくる」

「待てと言っているだろう」

恐ろしい速さで、首都の方へと飛んでいくクロエ。

そんな彼女を俺は表向きは無表情に、内心では慌てて追いかけた。

§

クロエの背を追いながら、俺は今回の出来事を振り返る。

(中々悪くない流れに持ち込めた)

今回の一連の流れは、俺が脳内で思い描いていたシナリオに沿ったものだった。

勿論、全てが俺の掌の上という訳ではない。しかしまあ、俺としてはそれなりに理想的な立ち回りができたのも事実。故に、概ねはシナリオ通りである。

今回の俺の行動。まるで英雄譚にでも出てくる英雄のような先の行動は、当然ながら善意百パーセントによる献身的行動などではない。最高眷属――キーラン曰く、サンジェルという名前だったか――のエミリーに対する仕打ちにイラッとしたのは事実だし、エミリーを好ましく思ってはいるが、それも結局のところ俺の都合であり身勝手な感情だ。我ながら正義感とは程遠いものである。

さて、先程の俺の行動の意味を語る前に、そもそもの前提として俺がこの国に来た目的を思い出してみよう。

俺が魔術大国へと訪れた目的は大きく分けて三つ。ステラの勧誘と魔導書の閲覧、そして【神の力】の確保である。

エミリーを助けて空中に飛んだ時、俺はふと思った。この状況は使えるのではないか、と。

最高眷属《サンジェル》風情、正直ジルの肉体なら瞬殺可能だ。奴の言葉でイラッとした衝動に身を任せて、初手でぶち殺すなんてのはカップラーメンを作るより容易い。

しかし、俺はそうしなかった。

それどころかまるでヒーローのような台詞を語り、相手の手札を全て正面から叩き潰した後にトドメを刺すという、瞬殺には程遠い流れ。

これほど回りくどい真似をした理由は単純明快。ステラからの好感度を稼ぐためだ。

友人を助けられて嫌な気分になる人間はいないだろう。そして友人を助けた人間が、それなりに好ましい性格を有していれば尚更である。

そんな打算をもって、俺は先の一面を演じたのだ。ラスボスとしてのジルを演じることで配下を従わせるのと同じように、ダークヒーローのようなジルを演じることでステラという優秀な人材を確保するための布石にしたのである。

(まあ、最高眷属《サンジェル》に放った言葉は俺自身の本音には違いないので、演じたというより本来の俺を少しだけ表に出したとでも言う方が正しいのかもしれないが……)

たとえそうだとしても打算があって行動したのは紛れもない事実であり、そこは偽れない。純度百パーセントの善意ではない以上、俺の中でそこの認識を違える訳にはいかないのだ。

(我ながら打算だらけだな。だが)

だが、後悔はない。

今回の件で不幸になった人間は存在しない。エミリーは救われたし、ステラだってエミリーが救われてホッとしただろう。理由や過程はともかく、結果として訪れたのは誰もが笑えるハッピーエンド。

終わり良ければすべて良しという言葉があるように、結果だけ見れば理想の結末が訪れたのだから、問題はないだろう。たとえそれが、脚本家俺、演出家俺、その他諸々全てが俺というクソみたいな三文芝居であったとしても。

(俺の目的は、神々への下剋上。俺は絶対にかませ犬にはならないし、死ぬなんて真っ平御免だ。それだけを目的に、俺は行動する。でなければ、神々を相手に俺に勝ち目なんてあるはずがないからな)

……まあ、そんなこんなでステラの確保への足掛かりは掴めた。目的の一つに近づけたという訳である。

そう喜んでいた俺にとって、完全に想定外だったのはエーヴィヒのご登場だった。

子供の姿で、しかも加減した状態では勝ち目がない相手。何より、エミリーが余波で死にかねない──かといって、エミリーを逃がすにも色々と困難な障壁が重なっていた──という状況。

奴の攻撃を回避しながら、どう対処すべきか俺は思考を巡らせ──クロエや魔術大国を巻き込んでしまえという結論を叩き出した。

何故ならそうすればエーヴィヒを叩き潰せて、なおかつ俺の目的も達成できるという大変素敵な流れを思いついたからである。

クロエの【禁術】──絶対凍結《ニヴルヘイム》は空間に【神の力】を満たすことで自身の領域を作り、その領域内であれば自由自在に万物を凍結させたり所構わず吹雪を放てるという素敵な術だ。氷属性の魔術の威力と自由度が上昇するなんて強力な副次効果まである。ちなみに彼女は【禁術】を身につけたことで、自身の魔術に改造を施して似たような術を──これは今は置いておこう。

彼女の術の特徴は、なんといっても〝派手〟に尽きる。本気を出せば魔術大国全土を覆い尽くすことすら可能な超広範囲術式。猛吹雪の中の様子を、外から目視するなんて不可能。つまり、他国からの監視の目を欺《あざむ》ける。

加えて、空間内に【神の力】を満たすという術の性質上、俺がそれなりに【神の力】を放っても「あーあれは【氷の魔女】さんの術の影響なんですよ。いやー流石大陸最強格っすねえ」みたいに誤魔化すことが可能。つまり、他国への隠蔽工作に最適。

そもそも大陸最強の一角【氷の魔女】が動いた時点で、他国の注目は間違いなくそちらに向く。仮にこの国の人間が「いや実はジルという子がー」とかなんとか言ったところで、誰もそんな話は信じない。全てクロエが解決したと認識するだろう。つまり、俺という存在を完全に隠せる。

ではこの国の人間にバレるのは良いのか？　と思われるかもしれないが、今回俺がやったことはこの国の守護だ。恩人を動く核兵器認定や危険人物認定はしないだろうし、何より魔術大国の上層部は俗物であっても愚者ではない。

クロエとそれなりに良好な関係を築いていて、なおかつ国を守るために動いた俺を排除しようなんて結論には至らないだろう。他国と連合を組んで潰そう、などとも考えないはず。どちらかというと、全力で俺を囲い込んできそうだ。

さてここで本題だ。

恩を売りつつ、なおかつ力を示した。そんな俺の頼みを、果たして魔術大国の上層部は無下にできるだろうか？

答えは当然、不可能。

魔術大国の上層部に知略はあれど武力は存在せず、また世論も俺に傾く。こうなれば残りの目的も果たせたも同然だ。

魔道書の閲覧に関しては、間違いなく問題ないはず。なんなら魔術大国の人間が喝采して閲覧を勧めてくるだろう。

ショタコンのクロエが「廃人になんてさせない」みたいな感じで覚醒してインフレ後の実力に至って全力で止めにくる未来を懸念していたが、それに関しては既に別の【禁術】を習得しているのに廃人になっていない実績を示して安心させることでクリア。

【神の力】に関しては、魔術大国が【神の力】に関して無知という点からおそらく問題ない。むしろその程度の報酬で済むならと喜んでくれそうだ。ある程度金銭なども要求しないと魔術大国の上層部が【神の力】の真価に気づく可能性は十分あるので、その辺は注意しつつ交渉を進めよう。

（完璧とは言い難いが、しかしあらゆる面で俺にとって良い方向にまとまった）

目的はほぼ果たしたといっても過言ではない。

まあとりあえずは魔術大国の住人達の反応でも見て、今回の成果を実感するとしよう。

なに、きっと俺とクロエを英雄視してくれるさ。

§

吹雪が舞い、空間が凍てつく。

血の槍が降り注ぎ、闇の閃光が迸《ほとばし》る。

理解不能な現象によりあらゆる法則が乱れ、黄金の光が天を衝《つ》いた。

地が崩れ、天が裂け、空間が悲鳴をあげる。余波だけで遠くの建造物が崩れ落ち、森が半壊し、あらゆるオブジェが吹き飛んだ。

万物を破壊していくその光景は、まさしく天変地異というに相応しい。

神話の再来のような、あまりにも非現実的すぎる光景だった。

もはや自分達の知る魔術の領域を超えた、そんな非常識の塊だった。

空間に満たされる魔力や未知の力だけでも、背筋に氷柱を突き立てられたかのような錯覚を覚える。

人智を超えた神話の一幕。

大国を破壊しようとする埒外の存在に対して、国を守護しようと立ち向かう同じく常識を超えた存在を見て、魔術大国の人々は――

「す、素晴らしい……！」

「【氷の魔女】様の魔力が、魔力が空間に満たされているわ……！　や、やだっ！　銀髪の子供の放つ魔力とよく分からない力の波動も素敵……！」

「おおおお……おおおおおお!!」

「け、計測器を！　計測器を回せ！」

「もう回している！」

「ホルマリン漬けになったあいつにも、この光景を見せてやりたかったな……」

魔術大国の人々は、狂喜乱舞していた。

「あ、あれは【禁術】じゃないか!?」

「な、なんと……!?」

「では、ジルという少年も【禁術】を扱えると!?」

全員ではないが、しかし住人のほとんどが避難しようだなんて考えていなかった。

信頼といえば聞こえは良いが、しかし彼らは自分達の欲望にあまりにも忠実だった。それこそ、自らクロエの放つ冷気に凍結されに行こうとするやべえ奴もいるくらいである。

「あの子……実演の時に氷属性以外の超級魔術を使っていたよな。氷属性についても、まだ【氷の魔女】様がご教示されていないだけで、今後は使える可能性があるよな……？」

「……それに加えて、【禁術】も使える……？」

「えっ……てことは……〝神〟？」

その単語を、耳聡く聞いた男がいた。

「然様」

「あ、あなたは……！」

確か、キーランという男だった。

ジルという少年に付き従い、神と呼んで憚《はばか》らなかった男。自分達に対して執拗に「何故、ジル様こそが神であると理解しない？」と口にしていた男だった。

「あ、ああ……」

「な、なんてことを……」

事ここに至って彼らは全てを理解し、そして絶望する。

もはや彼らの中で、ジルという少年は〝魔術の神〟に他ならない。自分達を魔術の真理へと導いてくれるであろう、この世界で最も尊き存在なのだ。

故に、彼らは絶望していた。

神なんざいないと、そんなものはあり得ないと――魔術を誰よりも愛していながら、しかしそんなものは幻想だと切り捨てた。机上の空論すらも現実にしてこその魔術だというのに、何故かそこだけはあり得ないと決めつけていた。

だが、キーランという男は違う。

彼は神を信じ、そして事実として、神は実在した。

しかも彼は自分達に散々「ジル様こそ神だ」と語り聞かせてくれていたというのに、何度も何度も啓蒙してくれたというのに、自分達はそれに「あり得ない」と聞く耳を持たなかったのだ。

神は実在していたに違いないと判断し、神の研究を重ねていた研究機関の人間はともかく、自分達は神のご加護を授かることができない。

そのことに彼らは絶望し――それ以上に、自分達の愚かさに絶望していた。

何故、神は存在しないという固定観念に縛られていたのだろうか、と。未知を観測してこそ魔術の真髄だというのに、神を空想の産物であると結論づけてしまったのだろうか、と。

そういった事実に、彼らは深く絶望していた。

そんな彼らに対して。

「お前達は実に愚かだ。神たるジル様の正体に、今の今まで気づかない愚か者達」

そんな彼らに対して。

「だが」

そんな彼らに対して。

「だが、オレも初めはそうだった」

そんな彼らに対して――キーランは僅かに微笑んだ。

「ジル様は寛大な御方だ。気づくのに遅れた私のような愚か者を側に置いてくださり、教会という節穴共にすら慈悲をお与えになった」

キーランの背後に光が差し、その場にいた誰もが「神のご加護、後光だ……」と確信した。

ちなみにその光はジルがエーヴィヒの【絶】を防ぐために【光神の盾】を展開したことで発生したものであり、キーランの存在とはまるで関係ないのだが、それに気づく者はいなかった。ここにはアホしかいなかったのである。

「お前達がこれ以降真摯にジル様へと信仰を捧げるのであれば、ジル様は快くお受けになられる事だろう。真の信仰はまだ早いが、しかし焦るな。ジル様は、全てをお見通しになる。ならばお前達の信仰もいずれ届き――やがて、真理に至るだろう」


この時。


「き、教祖様だ……」

「教祖様……！」

「ど、どうすれば良いのですか⁉」

「我々は恥ずかしながら、神に対する礼儀というものを……」

「良いだろう。まずは基本から教えてやる」

この時、魔術大国マギアは始まった《わった》。そして教祖キーランという存在が、魔術大国の人々の心に根付くことになる。

なおジルが住人達の反応を見た時の心境は「この国は滅んだ方が世界のためかもしれない……」であった。

§

この世界ではないどこか。

そこで、紅色の髪を持つ青年が閉じていた瞼《まぶた》を開く。

「やはりあの程度の依り代ではあれが限界か。まあ、所詮は最高眷属でも最弱の男だ。ただ不死の適性があったから、末席に加えてやっただけ。俺様を降ろすには、あらゆる面で足りなさ過ぎたな」

そこまで言って青年――エーヴィヒは欠伸《あくび》を漏らした。

長い眠りから覚めた後のように、体をグッと伸ばして。

「しかしあの雛鳥を測るには、他の最高眷属の肉体に降りても足りんだろうな。……まあいきなり頭から狙うのではなく、先に手足を捥《も》ぐとしようか。末端の連中にもそれなりに力を与えてやれば、少しは働けるだろう。……情報の共有も必要だな。人員の補充も急務」

右手に闇を、左手に血を纏うエーヴィヒ。彼はそれらをじっと見つめると。

「しかし分からんな……俺様が〝絶対的な存在〟に至るための残りのピースが。あの男の〝何か〟に対して致命的に相性が悪い時点で、それは〝絶対〟ではない。弱点を持つ〝完全〟など、あるはずがないからな。……さて、俺様は俺様で動くとしよう」

第二章　星に手を

エーヴィヒによる魔術大国での動乱から、二日の時が過ぎた。この二日間は中々に濃厚な時を過ごしたが、詳しく語る程のものは特にないので、ざっくらばんに振り返ろうと思う。

まずはあの後のこと。そう、クロエを追って俺が首都へと飛んで行った後のことである。

首都に俺達が降り立つと同時に、何故か魔術大国民の方々から「魔術の神なのですね！」「愚かな我々をお許しください」「信仰を捧げます……！」と次々と言われたり、キーランが「教祖様」と崇められていたり、俺のことを自慢したクロエが「流石【氷の魔女】様だ……」と神格化されたり、ステラが溶け始めていた【禁術】の氷を飲み干そうと躍起《やっき》になっていたりと色々あった。

いや初っ端から濃すぎるわなんだこれ。

（まるで意味が分からなかったな……）

何故だ、と俺は内心で遠い目になる。

いや、結果としてそこまで悪くない地点に着地したとは思う。少なくとも最も避けたかった、一般人からの俺《ジル》に対する脅威認定をされている訳ではなかったからだ。

だが、「何故俺はこう毎度毎度〝神〟と崇められないといけないのか」と疑問を抱くのは至極当然ではないだろうか。

俺の一挙一動に対して勝手に深読みされ、ちょっとした発言にありもしない意味を付与される恐怖。道を歩けば誰もが俺に平伏し、声をかければ感極まったといった様子で涙を流し始め、神に献上品を渡すためという意味不明な理由で長蛇の列が形成される。


はっきり言おう、めちゃくちゃ怖かったと。


それでも、ジルのキャラクター像を考えると恐怖するなんてのは言語道断。むしろ、有象無象から崇められるのは当然のように振る舞って然るべしなのだ。仮に「やめろ。俺をそんな目で見るな。なんだその荒い息は。通報するぞ」と内心で思っていたとしても、鉄壁の無表情を貫く。それが、ジルとして生きるということである。

故に、俺は頑張った。

歩くだけで形成される信者による長蛇の列を捌きながら、献上品を尊大に受け取るという偉業を、俺は成し遂げたのだ。

尤も、内心では魔術大国の秘宝やら、よく分からん高価な指輪とか、他にも宝石財宝食料魔道具土地屋敷ホルマリン漬けにされた魔術師の一部エトセトラエトセトラを、虚無感に浸りながら受け取っていたことは言うまでもない。

（冷静に考えなくてもホルマリン漬けにされた魔術師の一部を渡されるって何？　虐め？）

なんて思いつつも、あの魔術師が善意百パーセントだったのは分かっている。ジルの観察眼は、その辺りを見抜けてしまうのだ。見抜けたくなかったし、神として崇められるのが嫌になったが。

(だが、俺が神であると勘違いされることを否定する理由はない。それどころか、否定するのは悪手)

教会勢力に神と勘違いされたことは記憶に新しく、そしてその方が都合が良いため俺はあえてその勘違いを否定しなかった。もとい、その勘違いを加速させた。

そしてそれ故に、俺は「神ですか?」と尋ねられた時に「はいそうです」と答えるしかなくなってしまったのである。もしも否定したら、教会勢力は「何故、神であることを否定する?」と当然疑問に思うだろうし、そこから巡り巡って俺が神じゃないとバレれば戦争待ったなしだからだ。

故に俺は、神であることを否定しない。というより、できない。

尋ねられなければわざわざ口にする必要はないが、しかし尋ねられてしまえば肯定するしかないのである。

(窮屈で仕方がないが……)

幸いにして、教会勢力のように服を脱ごうとしている輩はいなかったのが唯一の救いか。流石のキーランも、教会の件以降は「服を脱ぐ事こそが真の信仰」などという狂言を口にしていないようで何よりである。

なお俺が貢がれている時、隣ではクロエも似たような状況に陥っており、その両手には上半身を覆い隠す程の貢ぎ物が乗っていた。そのせいか、クロエが虚ろな瞳になっていたのは言うまでもない。

ちなみに、クロエがステラの奇行を見かねたのか無言で彼女を凍結させた結果、それを見て何名かが羨ましそうな視線をステラに送るなんてこともあった。次いで、何やら期待の籠もった視線が俺の方へと向けられる始末。この国怖いんですけど。

そんなこんなで、「もうこれだけで一日終わるんじゃないか」と俺が危惧し始めた頃。なんとエミリーが「私達はまだ昼餉《ひるげ》を終えてないので、皆さん一先ず今日のところはお引き取りください！」と叫んで連中を追い返すという偉業を成し遂げたのだ。

その姿の頼もしさは、思わず俺がジルの仮面を投げ捨てて彼女を「姉御」と呼びたくなるほど。勿論こんなアホな理由でこれまでの努力をふいにするなどという愚行は犯さないが……心情的には、エミリーをそう呼びたくなるくらいに救われたのである。

その後は荒れ果てた森の中で唯一無事だったクロエの屋敷に五人で帰還。我らが誇る最高料理人たるエミリーとキーラン——二人のプロの手によって完成された料理に舌鼓を打ちつつ、今後の予定を話し合う流れになった。

そこで俺が魔導書を閲覧したいことと【神の力】を欲していることを伝えると、クロエが快諾。すぐさま魔術大国の上層部とコンタクトを取ってくれた。

そこで見た魔術大国上層部の方々は——いや、言うまい。とりあえず胃薬を常服していたことと、ひどく痩せこけていたこと。何より俺に対して常に平身低頭な態度であったとだけ言っておこう。

俺が魔導書を閲覧したいと言った時の「ああ、この人もやっぱり頭おかしいんだな」みたいな視線だけは非常に遺憾であったが。その後の廃人にならなかった俺を見て「欲しいな……でも恐れ多すぎるな……」みたいな視線は当然無視した。

そして最も重要な【神の力】についてだが、管理が想像以上に杜撰《ずさん》だった。

初めに【神の力】に関して尋ねた時は「えっ、なにそれ」みたいな反応をされ、色々と深掘りしていくうちに「あっ、あれか」みたいなご反応をいただく。

そうして案内された先で――漬物でも作ってんのか？　みたいな保存方法で鎮座する【神の力】と封印《ふういん》……


対面した。

『……なんだ、この壺は』

『おそらく、これが御身の求めるものかと……』

『…………正気か？』

『え、ええ。正気です……あ、いえもしかするとこの国基準では我々は狂気なのかもしれませんが……。少なくとも、正気のつもり、です……』

『…………』

【神の力】の波動を感知しつつも、一縷《いちる》の望みを懸けて上層部に尋ねたくらいには、あまりにもあんまりな状態だった。仮にもこの世界を創造した神々の力の一端の姿か？　と思った俺は悪くないだろう。仮想敵ではあるが、それはそれとして憐れんでしまう、というやつである。

ひどく微妙な心境で、俺が【神の力】を取り込んだのは言うまでもない。

ステラとエミリーが「あれ漬物作ってるんじゃないんだ」みたいなことを話していたのを小耳に挟んで、尚更微妙な気持ちになったりもした。

――漬物で強化されるのか俺《ジル》は、と。

この封印方法に関しては、原作でも変わらないだろう。つまり原作ジルも、漬物状態の【神の力】とご対面したという訳で。

（絵面が残念すぎる）

流石にこの封印方法はなしだろと思うものの、味方すら欺く封印方法という意味ではある種適しているのかもしれない。さしもの神々も、自分達の力が後世で漬物のように扱われているとは思わんだろうし。

――いや、だとしてもあの封印方法はないわ。

そして二日目。

ステラとエミリーに「自分達の魔術を見てほしい」と言われたので、クロエと一緒に見ることに。妙に嬉しそうにしてるエミリーと、歯軋りをしているキーラン、そして変態なステラが印象的だった一幕である。

少しだけ紹介すると――

『ど、どうだった？』

『事象そのものへの認識は悪くないが、魔力操作と魔力量の調整が甘いな』

『やっぱり、そこだよね……』

『落ち込む必要はない。エミリーは頑張れる子。だから、事象に対する認識ができている』

『然り。我が師の言う通り、研鑽を放棄する愚者であれば、そもそも確立された事象を認識できぬが故……。私と貴様では異なる故、貴様独自の感覚的な部分への調節は必要となるが、私の解を示してやる。手本は多いに越したことはないであろうよ』

『クロエ様、ジルくん。ありがとう。頑張る！』


『──と、こんな感じかな。どうだった？』

『……特にないな』

『うん。ない』

『この調子で続ければ良いのではないか？　励め』

『励めー』

『ボクの扱いが雑すぎない？』

『エミリー指導用の魔術に直撃されにくる愚者への対応としては、この上なく好待遇だが？』

『だって消えちゃうの勿体ないし』

『……やっぱり、ステラは不肖の弟子』

『ステラさん……流石にあれはどうかと』

『おっかしいなあ。ボクだけが異端児みたいになってる。キーランくんはその辺どう思う？』

『黙れ小娘。ジル様の魔術を喰らう栄誉を与えられているのは、オレだけだ……！』

『キミだけ沸点おかしくない？　というかそれって、ジル少年の敵対者はみんな栄誉を与えられてることにならない？』


このような感じで、二人の訓練──と言って良いのか微妙なラインだが──は進んでいた。

なおどこからか話を聞きつけたのか魔術学院でも教鞭を執ってほしいという話が来たので、五人でお邪魔し、結論から言うと魔術学院は物理的に消滅した。

みんな笑顔だった。この国は何故、今日《こんにち》まで滅びていないのだろうか。


──そして、今日。三日目の夜。

（……マズイな。ステラ勧誘の糸口が掴めん）

魔術大国に訪れた最後の目的たる「ステラ勧誘」に関して、未だなんの進展もないことに、俺は焦りを抱いていた。

（原作のステラは何故国を抜けたんだ……。普通にクロエとの仲が良好なんだが。……もしや、原作ではエミリーが死亡して拗《こじ》れたのか？　【魔王の眷属】は、実のところ描写されていないだけで原作前も行動を起こしていたと？　いや、しかしエミリーの死亡がクロエとステラの仲を拗らせるに直結する理由が分からん。アニメでの描写的に、二人の間に確執が起こったことは確実だろうに……）

それとも、今後クロエとステラの仲が拗れるイベントか何かが発生するのだろうか。

（嫉妬以外で考えられそうな話は自己主張の弱いクロエに対してステラが『師匠はこんなに強いのに！　なんで何も言わないの⁉』みたいな拗らせ方だが……ここ数日でクロエが地味に自己主張が強くなってる気がしなくもないからそんな拗らせ方は発生しそうにないんだよな）

これがバタフライエフェクトというやつか、と俺は天井を見上げる。もう暫く滞在すればステラ勧誘の糸口が掴めるかもしれんが、そう何日もここに留まっておく訳にもいかない。

神々に対抗するために俺のやるべきことは山積していて、そのやるべきことと比較すればステラの重要度はそこまで高くない。是が非でも手に入れないと死ぬ、という程ではないのだから。

（少なくとも、ステラの中に俺《ジル》という存在は深く刻み込まれたはず。今後クロエとステラとの間に何かしらいざこざが起きて、彼女が国を抜けた際には、俺の手元に転がり込んでくれるような楔《くさび》は打てただろう。……最低限の仕事はしたということにして、一度態勢を立て直すために国に戻るか？）

それとも【加護】を与えればすんなり仲間になってくれたりするのだろうか。復讐者ステラではない現状だが、魔術師ステラにとっても、【加護】は興味を抱く対象だろう。魔術では再現不能な能力も、取り揃えられているのだからな。

（いやしかし、それで仲間になってくれなかった時の対処が中々面倒そうだ。【加護】持ちを野放しにするのは恐い。放置場所が魔術大国ともなると余計に）

　そもそも現時点でのステラは魔術が好きなのであって、〝力〟を欲している訳じゃないだろうしな。【加護】を与えたところで、あまり意味はないだろう。国を抜けてまで欲するかと言われると、微妙と思わざるを得ない。クロエとエミリーがいる場所は、彼女にとって大きいはずなのだから。

（帰るか……バベル《国》に）

　もう、俺が魔術大国でやることは特にない。ならば国に戻って、次の段階に進むべきか。

　魔術大国で民衆の支持を受けてから、バベルでの魔獣騒動の後のように俺の能力が向上した点も気になる。もしかするともしかするので、検証しておきたいのだ。

（ヘクターを放置しとくのも悪いしな）

　よし、明日には帰宅する旨をクロエに伝えよう。

　俺がそう結論づけて、ソファから立ち上がろうとした時だった。

「あ、ジルく……じゃなくてジルさん」

　風呂上がりなのだろうか。まだ少し髪が濡れた状態のエミリーが、タオルを肩にかけながら俺の近くにやってきた。

「何用だ、エミリー」

「ええっと、ちょっと良い……じゃなくて少し良いですか？」

「構わん。それとだが、慣れぬなら私に対して敬語は不要と言ったであろう。お前はそれだけの価値を、この私に示した」

「……じゃあ、ええとそうするね」

そう言って、彼女はソファに腰を下ろした。

少しばかりの沈黙が空間を満たした後、彼女はポツポツと喋り始める。

「その、頑張ろうね！」

「そうか。励むが良い」

「うん！　じゃなくて……ってあれ、もしかして今ので分かったの？」

「当然であろう。私を誰と心得る。というより、私が先の言葉だけで大方を察すると理解した上でその言葉を発したのではなかったのか？」

「うん全然。なんとなく言ってみただけ」

「……然様か」

俺の呆れた様子を読み取ったのかは不明だが、薄く微笑んだ彼女は、足をぶらぶらさせながら言葉を続けた。

「ジルくんの目的というか、目指してる場所が何かは分からないけど。多分、とても果てしなくて凄い場所を目指しているんだと思う。クロエ様と同じくらい凄いジルくんが、全然届いていないって思っていそうなくらいだから」

「……」

「だから、お互い頑張ろうね。目標に向かって。私は分からないけど……ジルくんならきっと、叶うよ」

「……」

困った。今俺は、エミリーを手元に置きたくて仕方がなくなっている。どうしてこうも、彼女は俺の琴線《きんせん》に触れる発言をするんだ。その何気ない言葉に、俺がどれだけ救われると思っているんだ。

ヘクターと同じく、彼女は俺の精神安定剤として必要な人材なのではないだろうか、という思考が脳裏をよぎった。あまりにも自分勝手な思考に嫌になるが、しかし間違いなくエミリーという存在に俺は救われている。

だがしかし、俺が歩む道にエミリーはついてこれないだろう。何より、彼女の目指す先は【氷の魔女】への弟子入り。

一緒に目標に向かって頑張ろうという話をされていて、その言葉に救われているというのに、そんな彼女の目標の障害になるような提案をするのはあまりにもあんまりだ。

ヘクター。ソフィア。そしてグレイシーに続いて、俺の心に温かいものをくれた彼女。その彼女の夢を応援することこそが、何よりの感謝の気持ちの示し方であり、誠意だ。

「……ふっ」

だから俺は、エミリーの勧誘はしない。

目標のためならどんな汚いことだってしてやる腹積もりだが……今回だけは、綺麗事で飾っておこう。

「当然だ。私は決して、この手を下ろしたりはしない。貴様も励めよエミリー。世界最強の魔術師……【氷の魔女】の弟子の肩書きは、決して安くはないぞ」

「うんっ。私、クロエ様の弟子になるね」

「エミリーは、私の弟子になりたいの？」

「はいっ！」

「分かった。じゃあ今日から、エミリーは三人目の弟子」

「やったー！　……え？」

ピシリ、と硬直するエミリー。

その気持ちはよく分かる。何故ならば、俺も内心では硬直しているのだから。

いつの間にか近くにいた白い少女――クロエへと、俺達の視線は注がれていた。

「えっ、弟子……？　えっ？」

「……？　嫌？」

「いやいやいや凄く嬉しいです！」

「良かった」

「えっ、でも、なんで？　私、使用人ですよね？　その、才能もないですし」

「……？　エミリーは使用人になりたいって言ってたから、私は承諾した。弟子入りに関して聞いたのは、今日が初めて。びっくり」

「……」

「……」

「……？」

真っ赤な顔を両の手で押さえるエミリーと、なんとも言えない心境の俺。そして首を傾げるクロエという奇妙な絵面が、完成した瞬間であった。

「……それにしても、随分とすっきりしたように見えるな、我が師」

「たくさん昼寝した。ぐっすり」

「既に夜だが」

「面白い本を読んでた。だから昼寝が遅くなった。仕方ない」

「き、【禁術】の魔導書を不愉快と言い捨てたクロエ様をして、面白い魔導書《本》……ですか⁉」

「うん。とても面白い童話《本》だった。著者名はレイスター」

「レイスター……どこかで聞いたことがあるような気もしますね……つまり相当珍しい魔導書《本》ということ……流石です、クロエ様」

「……貴様達はもう少し、意思疎通というものを重視すべきだろうな。認識の相違が激しいぞ」

「？」

「えっ」

そんなこんなで、夜は更けていった。

「ところで、ジルくんは何を悩んでいたの?」

「ああ……ステラが（配下的な意味で）欲しくてな」

「ふーんそうなんだ。ステラさんが欲しくて……」

「然様。あれほどの娘は、そうそうおらんからな」

「うんうん。そっかそっ——ごめんなんて?」

「ステラが欲しいと、そう言っている」

「へ、へえ。そうなんだー。ふ、ふーん。す、ステラさんが欲しいのね。そ、それってつまりあれが
それでそういうことだから……えっと、その、あ、あっ」

「エミリー、ほっぺが赤くなって目が回っている。不思議」

「ああ。不思議だな。私はステラを配下にしたいだけなのだが」

「じ、ジルくんがステラさんを配下にしたいなんて、そそんな情熱的なラブロマ…………えっ?」

「?　エミリー。何を考えていたの?」

「あ、ああ……」

「私としても興味深いな。是非とも、聞かせてほしいものだが」

「ああああああああ————!!!???」

——そして、翌朝。

「……小娘。ジル様に向けてなんの真似だ」

「……」

「あっはっは。いやいや、ボクもちょっとやりたいことがあるからさ」

目を細めて、俺は視線の先にいる少女の真意を読み取るべく思考を巡らせる。

だが、読めない。

何も、何も読めない。

俺の有する知識、少女のデータ、その他諸々を活用しても——

「さてとジル少年。いや、青年？　まあどっちでも良いや。国を出る前にさ、ボクと遊ぼうよ」

足元を中心に大地を凍てつかせながら戦意を滾《たぎ》らせる少女の真意を、俺は全く読み解くことができなかった。

§

「さてとジル少年。いや、青年？　まあどっちでも良いや。国を出る前にさ、ボクと遊ぼうよ」

いつもと変わらぬ笑みを浮かべたステラの口から放たれたのは、なんの感情も込もっていない声だった。普段通りの表情を浮かべているにも拘わらず、声と雰囲気は冷え切っているという不気味な状態。

「良い、キーラン。下がれ」

「……はっ。出過ぎた真似をし、申し訳ございません」

「構わん。貴様の忠義を許そう。……さて」

そんな彼女の様子を〝ジルに対する敵対意思〟と判断したキーランが静かに俺の前に躍り出ようとしたが、しかし俺は軽く腕を上げることでそれを止める。

(魔力を練っている……が、殺意や敵意の類は感じられん。一方で、友好的な気配もなし)

何を考えている？　と俺は眉を顰《ひそ》めた。彼女は無意味な敵対をする類の人間ではないはず。加えて、昨日まで俺達は友好的に接していた。この状況そのものが、理解し難いものだ。

かといって、このまま観察を続けたところで、ステラの内心を読み取れる訳ではなさそうだ。黙ったままで直立し続けるのも、あまりに不自然。

故に俺は、会話からステラの思惑を探るべく口を開いた。

「遊ぶ、と言ったかステラ」

正直言って、観察してもステラの内心を全く読み取れないという事実には、少しばかり驚いている。だがそれを、決して表に出さないよう努める。

超越者たるジルを冷然と演じながら、俺はステラと向かい合った。

「生憎《あいにく》と、貴様と違い私にそのような暇はない。その不敬、本来であれば極刑に処すところだが……

同門のよしみだ。此度《こたび》は見逃してやる。そこをどけ、ステラ」

「いやいや、無理やりにでも付き合ってもらうよジル少年」

直後、ステラの足元から地面をなぞるように氷の波が噴出し、それに触れた俺の足が凍結する。

だがそれは、舞い上がった黒炎によって搔き消された。一瞬で溶けた氷を見て、しかしステラの表情は崩れない。

「魔力量は師匠を凌駕していて、技術面で師匠に近い領域にいて、魔術の才能面が師匠と同格で、魔術師としての肉体面も最高峰なスペックを有している辺りがほんと規格外だよねー」

黒炎を消火する水が顕現し、吹雪が舞う。

気温が下がったことで水が凍り、吹雪の勢いも増して視界が悪化していった。

(成る程、巧いな)

視界を埋め尽くす吹雪から逃れるように、俺は空中へと飛翔する。

そんな俺を追うように、ステラもまた飛行魔術を発動させた。

「確かに貴様は、優れた術師ではある」

だが、と俺はそこで言葉を区切った。

「貴様に勝ち目がない事は自明であろう。生産性のない無駄な行為はやめておけ」

「面白いことを言うじゃん。ジル少年は勝ち目がない相手には挑まないの？　いーや違うね！　キミは多分、格上相手にも挑むでしょ！」

ステラの言葉に、思わず俺は目を細めた。

（……まさか）

言い回し的になんとなくステラの行動の意図を察したが、しかし完全には掴めない。とはいえ、もはや言葉では止まらないことだけは確かであると思考をまとめた俺は、ステラに向けて炎属性の魔術を放った。それに対して、ステラは水属性の魔術を放つことで反撃。

炎と水がぶつかり合って爆発し、白い蒸気が周囲を包み込む。

「昨日のエミリーとの会話を聞いて、ボクは思ったことがある」

覆い隠された視界の中、ステラの声が響いた。

「それを確かめるために、ボクはキミに挑むよ。ボクがどの道を進むのか、それを決めるために」

そして。

「世界を侵すは我が魂――」

そして紡がれ始めた特級魔術の詠唱に、俺は内心で驚愕する。

（莫迦な。ステラは特級魔術を使えないはず）

腕を振るい、周囲の蒸気を吹き飛ばす。

晴れた視線の先。そこで、ステラが歌うように詠唱を紡いでいた。

（まさか、【魔王の眷属】との一件で急激に成長を――？）

……いや。よく見てみれば、ステラの体内で練られている魔力は乱れに乱れている。つまり、制御し切れていない。

クロエの時とは異なり、周囲ではなく術師《彼女》の四肢が凍てつき始めていて、間違いなく「ステラの特級魔術は成功はしない」と確信できた。傍から見ている俺が分かるのだから、彼女自身は尚更だろう。

「零れ出すは万象の理《ことわり》――」

だがしかし、彼女は詠唱を止めない。

表情には苦悶の色が浮かび上がっていて、彼女の額から流れる汗が冷気によって一瞬で凍結していくという有様にも拘らず、彼女は特級魔術の発動を中止しようとしなかった。

(何故……)

特級魔術の暴発は、超級魔術のそれとは桁違いの被害を自分を含む周囲に撒き散らす。それこそ、術師本人が死亡するのはほぼ間違いない程の被害を。

無駄な行為。やめておけ。自殺志願者。度し難い阿呆。愚者。そんな言葉が脳内に――浮かばなかった。

「……」

気がつけば、俺はステラを攻撃する魔術を発動しようとしていた手を下ろしていた。

ステラの詠唱が周囲に反響していくも、俺はただそれを眺めているだけ。

「構築されるは天地の理《ことわり》――」

――まったく。

こんな隙だらけのもの、止めようと思えばいつでも止められるというのに。俺《ジル》という存在に、対外的に見て敗北と捉えられるような姿は許されないというのに。遥か天上に位置するような、神々を相手にしようとしているというのに。こんな寄り道なんて、する暇はないと分かっているのに。

ああしかし。

「――そして世界は凍結する」

ああしかし、目の前の少女の〝輝き〟は――

「詠唱完了《フルスペル》」

――目の前の少女の〝輝き〟は、この目でしかと見届けるべきだと、そう思ってしまった。

故に、この結末は必然。

「永久凍土」

瞬間。世界が白銀に染まる。

歪で、クロエの放ったそれと比較すれば大きく劣り、お世辞にも成功とは言えない特級魔術のような何か。

けれどその星の輝きは――俺という存在の胸に、確かに届いた。

「あー。失敗しちゃったか、残念」

「カケラも残念と思っていない顔でよくもまあ、そのような口を叩けたものだ。随分と、清々しい気持ちを抱いたと見える」

「手厳しいなあ。そんなんじゃボクからの好感度は稼げないぜ」

「そんなものはいらん」

「ちぇー。まあまあそれよりも聞いてよジル少年。なんと自分の魔術で体が凍結してもね、全然気持ち良くないんだよ。自給自足はできないみたい。世の中は上手くいかないもんだね。これは魔術史に残る大発見ではないだろうか」

「この世で最もどうでも良い情報を、笑顔で口にするな」

「やっぱり師匠の魔術は綺麗だし、凍結させられると幸せな気分になれるよね」

「貴様と私は住む世界が違うようだ。ここから突き落としてやろうか」

「レディの扱いがなってないぜ」

「貴様はじゃやじゃ馬であってレディではない」

「ひどすぎる」

「ふん。それで――貴様にとっての、届かぬ星は見えたか？」

「あー、気づいちゃうか」

「私をその辺の愚鈍な有象無象と同じにするな。貴様の意図を掴めた以上、もはや貴様の行動を不敬とは言わん。だが私の頭脳を愚弄するというならば、極刑に処すが？」

「それは勘弁かな」

そんな風に軽口を叩き合いながら、俺は地面に降り立つと同時にステラをゆっくりと腕から下ろす。

彼女は少しだけよろめいたが、しかしなんとか起立した状態で踏み止まった。

「いやあジル少年。昨日のエミリーとの会話を聞いてしまってから困ったことに、ボクはキミが伸ばした手の先にあるものが気になるようになってしまったらしい」

そして彼女はわざとらしい口調で、どこか大袈裟な身振りで俺に顔を向けると。

「そんな訳で、ボクはキミ達についていこうと思うんだ。まあたまに休暇を貰って、師匠の所に帰ると思うけど」

そう言って、彼女はとびきりの笑みを浮かべるのであった。

魔術大国編エピローグ

「皇帝陛下。至急、お伝えしたいことがございます」

「ほう、至急ですか。それは先日に魔術大国を包み込んでいたあの吹雪と関係が？」

とある国のとある城の玉座の間。

そこで、玉座に腰かけた柔和な笑みを浮かべる青年と、跪いた老執事が向かい合っていた。

「そちらは現在も調査中ですが、此度のご報告内容も、魔術大国関連ではあります」

「ほう。ならば何かしら、相関関係はありそうですね」

そう言って青年は指を額に添えた。

（あの吹雪はおそらく、【氷の魔女】によるものでしょう。特級魔術か、噂に聞く【禁術】とやらかまでは判別がつきませんが……いずれにせよ、大陸最強格が派手に動くような何かがあったのは明白）

そしてそれとほぼ同時期に、魔術大国で何かが起きたのだとしたら――全くの無関係ではないだろう。

「なんとかの大国が、〃神〃を信仰し始めたとの情報が伝達されました」

「……あのイカレた魔術狂いの国家が、神ですか」

青年は顎に手を添えて——その口元を酷薄に歪めた。そんな主人の姿を見て、老執事と側に控えていたメイド達が思わず震え上がる。

「魔術国家が宗教国家に早変わりですか。まあ、元々魔術に対して狂信的な面を持ち合わせてはいましたからね。おかしな話ですが、しかしあり得ない話ではないのでしょう」

青年が右手を上げると、背後で重音が響いた。そのまま青年は背後にいる〝何か〟を愛おしそうに撫で回しながら。

「まったく、くだらない」

撫で回しながら、その声から一切の感情が消え去った。

「神などという幻想に縋り付かねば生きていけない脆弱な国家に成り下がった魔術大国など、恐るるに足りない。あの国家の優れていた点は、曲がりなりにも国民の全員が強者だったことだ。【氷の魔女】という突出した個を有していながら、しかし彼らは自分達の信念に基づいて道を歩んでいた。正直、魔術大国の価値観は理解できませんが、その点に関しては少なからず好ましく思っていましたよ?」

青年は玉座から立ち上がると、彼の背後で寝そべっていた〝何か〟もゆっくりとその首をもたげた。

ピシリ、と床に亀裂が走る。

「だが堕ちたな、魔術大国マギア。神？　くだらない。実にくだらない。神々なんて存在は誰も救わない。幻想に縋って何になる？　ありもしないものに依存して、現実から目を背ける事で好転するよ

うな事態があるとでも？　やはりこの世界を導くのは、僕達こそが相応しい。神とやらがなんなのかは知らないけれど——僕自ら攻め入り、滅ぼそうか」

青年——【龍帝】はそう言って冷徹な視線を窓に向ける。その瞳が映すものがなんなのかは、青年と長い付き合いの老執事にも読み取れなかった。

§

理由は分かるようで分からないが、しかしステラの勧誘という目的の一つも果たせた。

それなりに考えた策やら計略やらが上手く働いてくれたおかげなのかどうかは微妙だが、まあ、結果だけ見れば大金星と言える。そう悲観的になる必要もないだろう。

「まさかジルくんが一国の王様だなんて思いませんでした」

「ボクもびっくりだよ。あれ、てことはキーランくんもお偉いさん？」

「私はジル様の所有物。それ以上でも、それ以下でもない」

「ジルは私が育てた」

「師匠その言葉気に入ったの？」

行きも中々に騒がしかったが、帰りは更に騒がしい。

ステラが俺についてくることをクロエに伝えたところ、「なら、お見送りをする」という話になった。俺としても特に断る理由もないので、クロエの言葉を承諾して今に至る。

（俺の国を気に入って、クロエとエミリーが移住してくれる可能性もあるしな）

精神安定剤的な意味でエミリーに側にいてほしいという気持ちは消えていないし、クロエだって手元に置けるなら戦力的な意味でも心強い。

覚醒後の彼女は、非常に強力な戦力なのだ。それこそ、神々を相手に戦闘の領域に立つことすら可能な程に。

（放っておいても彼女なら神々相手に喧嘩を売るだろうから、手元に置く必要はないと言えばないが……）

俺《ジル》の部下として動いてくれるなら、これ以上なく頼もしい。

……まあ誠に残念ながら、彼女達は魔術大国で不自由のない生活を送ってるので、移住はないとは思うが。ダメ元というか、「そうなったら良いなあ」程度の願望というやつだ。

（しかしふむ、交渉材料くらいは探しておくか）

優秀な人材のスカウトは、どれだけしても困らないのだから。移住してくれれば御の字、程度で提案してみるとしよう。

§

「えっ」

それはまさしく、地獄のような光景だった。

このような光景が生み出されるなど、常識的に考えてあり得ない。一体全体、国民がどのような価値観を有していればこんな国が完成するのか、全くもって理解不能。

「祈りを、祈りを捧げます！」

「我が信仰！　我が愛！　我が忠誠をここに！」

「フォォオオオオ――ッッッ！」

視界に映ったのは、老若男女問わず、全ての人間が下着以外を脱ぎ捨てた状態で、祈りを捧げている町。

一種の神聖さすら感じさせるものがあったがしかし、目の前に広がっているのは結局のところ半裸の集団である。

果たしてこんな世界が存在して良いのかと。これは正常な状態なのだろうかと。これを良しとして良いのだろうかと――そんな風に、俺達は一人を除いて絶句していた。

「ジ、ジル少年……？　こ、これはなんだい……？　き、キミの国はどうなってるのかな？」

俺の肩を掴みながら、ドン引きした表情を浮かべたステラが尋ねてくる。

そんなもの、俺が聞きたい。この国の責任者は誰だ。どうにかしろ。俺じゃねえか。

「あ、悪法……!?　ふ、服を脱ぐことを強制する悪法を敷いた……暴君……!?」

瞳に涙を溜めたエミリーが、青褪めた表情で俺に視線を送ってくる。

信じられないものを見たといった様子が、彼女の絶望感を如実に表していた。

（違う、違うぞエミリー。違うんだエミリー。誤解だ。これは何かの間違いなんだ）

ジルの仮面を投げ捨ててでもそう弁明したいが、しかし投げ捨てたところで俺は目の前の光景をどう説明すれば良いんだ。

この光景は紛れもない現実であり、服を脱いでいるのは俺の国《バベル》の国民達。

誤解だのなんだの言ったところで、今目の前に広がっている光景が変化する訳ではない。何を言ったところで、「でも実際に服を脱いでいますよね？」と返されてしまえば無力なのだ。

奥さんに浮気ではない浮気現場を目撃された旦那さんの気持ちとはこういうものなのだろうか――と全くもって知りたくなかった気持ちを、俺は痛いほど理解してしまった。

「……」

クロエが虚ろな瞳で、虚空を眺めている。

俺も彼女に続いて現実逃避したい気持ちでいっぱいだったが、しかしそんなことをすれば状況は更なる悪化を遂げるだろう。

故に俺は膝を屈しそうになる気持ちを必死に抑えながら、この場で唯一平然とした様子のキーランを見た。

「お前達、ジル様のご帰還だ。信仰を捧げるぞ」

俺の視線の先でキーランは洗練された動作で服を脱ぎ、首《こうべ》を垂れて膝を突く。その一連の流れはもはや芸術の域に達していて、余人に違和感を抱かせない。こうあるべき姿として、彼は半裸になっていた。

（おかしい。どう考えても異常な状況だというのに、キーランがそれをする分にはもはや自然とすら

思えてしまう。その無駄に磨き上げられた無駄な技術はなんなんだ）

町の住人達はそんなキーランを見て「なんという信仰心だ……」と感動したように深く頭を下げた後、俺に対して一斉に平伏し、

『神たるジル様！　万歳！』

謎の喝采をあげる半裸の集団。

凄まじい圧に思わず後退しそうになるが、しかし俺は負けないと踏み留まる。

（俺は、神々を排して、原作ブレイクするんだ。こんなところで、こんなところで敗れる訳にはいかん……！）

俺は、俺は――

「や、やっぱりジルくんがこんなに恐ろしいことを強制して……⁉　こ、こんなの……こんなのって……！　これが、これがジルくんの目指しているものなの⁉　全世界を、半裸で染め上げようと……⁉　確かに、確かに果てしないことなんだろうけれど……！　大変な道のりが待っているとは思うけれど……！　な、なんか思ってたのと違う！」

「ジル少年……ボク、流石にこれはどうかと思うんだ……。確かにね、届かない星に手を伸ばしているると思う。きっと、世界中全ての人達の半裸を見たいんだよね？　うん、深く考えるまでもなく無理難題だね。常人では絶対に届かない領域だよ。でもさ。これは……これはちょっと……」

「…………………」

——俺は、内心で膝を屈していた。

表面上はこの光景にも動じずに、平然とした姿を演じているせいで、間違いなく誤解が加速している。

この光景に動じないということは即ち、〝この光景を当然のものとして受け入れている〟ことに他ならないのだから。即ち、キーランと同類であることを意味しているのである。

かといって動揺という感情を表に出せば、ジルのキャラクター像に亀裂が走ってしまう。

まさに二律背反。あちらを立てればこちらが立たず。フェルマーの最終定理をも超える難題に、俺は立ち向かわなければならない——！

（考えろ考えろ考えろ。どうする。どうすればこの状況を打破できる⁉）

誤解を解こうと全力で思考を巡らせているが、しかし俺がこの国の王という時点でどうしようもないのではないかという結論に至ってしまう。

何せ、国の最終決定権を担う俺が、この光景を見て平然としているのだ。それはつまり、「あ、王様がこれを命じたんですね」もしくは「あ、王様はこれを否定なさらないんですね……あっそういう……」という状況を意味しているも同義。

加えて。

（こいつらの心の声の信仰ボルテージが上昇するたびに、微妙にではあるが俺の能力が向上しているのを感じる——!!）

まさか、まさかそういうことなのか。

あの時俺の能力が向上し、魔術大国の一件以来も微増したのはそういうことなのか。

そしてそういうことだとするならば、俺は目の前の光景を止めることができない。

メリットとデメリットを天秤に掛けた場合、最終的な目的を考えたらメリットの方が大きいからだ。

俺の目的は神々の打倒であって、別にエミリーとクロエを攻略するギャルゲーをやっていた訳ではないのであるからして。

だが、だがしかし。

「……ボス、帰ってきてくれたか……」

「……」

「ヘクターに、セオドアか……」

俺が全力で脳を回転させていると、奥の方から疲れ切った様子のヘクターとセオドアが現れた。

ヘクターはともかく、セオドアがここまで参った様子なのは意外も意外だが――この国の現状を思うと、なんとも言えない。

「王都から半裸の集団が来るぜ……ボスに、信仰を捧げ、に――……」

「……私は、研究室に帰らせてもらう……。私にはもはや、どうしようもな――……」

「……」

そこまで言って、膝から崩れ落ちるヘクターとセオドア。

二人の勇姿をしかと目に焼き付けた俺は天を仰ぐ。仰いで、内心で叫んだ。


助けてくれ。

§

――同時刻、教会。

「お兄様がバベルに帰還されたわよ。魔術大国の人間達も、特に問題はなさそうだったわね。……ちょっとよく分からない部分はあったけど。私の頭がおかしいのかしら？」

「グレイシーはジル様の視界を共有することで、状況を把握している形ですからね。ジル様の視界に映らない状況を把握する術はありません。場面が飛び飛びになり、分からない部分があるのは無理ないかと」

「……そういう問題なのかしら、あれ」


「グレイシー嬢とソフィアの様子を見るに、魔術大国を滅ぼす必要はなさそうだ。……いやほんと、神は偉大すぎるぜ。俺達じゃ、魔術大国と向き合うことすらできねえんだからな。情けねえ話だ」

「……当然だ……神は……我らを遥かに超越せし御方……。我らにとっての可不可など……神の尺度の前では……無意味……」

「確かにな。神は俺達と違う。並んでる、なんて思考をすることすら烏滸がましい。けどま、だからといって思考停止なんてのは良くない気がするんですよ。存外、大陸ってのは広いからな。今後のためにも、常に準備はしとかねえと。ですよね教皇?」

「うむ。我らは神の手足……は、烏滸がましいがのう。しかしまあ、神のお役に立つことこそが存在意義じゃや。なればこそ、いついかなる時に、どんな命令がこようとも神のご意思を反映できるようにせねばな」

「ですね。そうと決まれば——さっさと俺達も、服を脱げるようにしねえとな」

「……肯定」

「うむ」


「手段と目的の逆転現象が起きないか不安ね」

「?　どうかされましたか、グレイシー」

「なんでもないわ。……お兄様、大丈夫かしらね」

挿話　ジル不在時のヘクターのお話

俺はただ、そう……強い奴との戦いを求めて自分の国を出た。
傭兵として金を稼いだりしながら、自分と戦闘の領域に立てる強者を求める日々。
そんな日々の中で、「次は大国を狙うか」と思った矢先――俺はあの男と出会った。
『なあアンタ。強えな』
『……』
呼び止めた俺に対して、男は視線を遣《や》るだけ。
どこか冷めた態度だが、俺は大して気にならなかった。
何故なら、強いからだ。
俺が今まで出会ってきたどんな奴よりも、遥か高みにいたからだ。
『その強さ、その目……テメエもやれる口だろ？』
そんな俺の呼びかけに対する男の返答は、至ってシンプルなものだった。
不遜な表情と共に絶大な覇気が放たれ、世界がビリビリと震撼する。
『ハッ』

その圧倒的な姿に、俺の心はむしろ歓喜に染め上がった。

『来い。傭兵』

『おもしれえ！』

そして。


『――ふっ。強者を追い求め、なおかつ貪欲に力を求めるか。その姿勢、実に気に入ったぞ傭兵』

これまで出会った人間の中で最も超然とした存在感を放つその男は、地に沈んだ俺を見ながら愉快そうに笑っていた。まさしく絶対者とでも称すべき男は俺の側にやってくると、俺の背中に手を当てて〝何か〟を注ぎ込み。

『上を目指す人間は好ましい。何故なら、神などという今はなき幻想に縋る脆弱な人間ではないからだ。私の手足として、貴様なら十分……故に、力を与えてやろう。不満には思うな。この力を得られるだけの資格を、貴様は見せたのだから。尤も、使いこなせるかどうかは別だがな？』

ああ、ボス。

俺はあの時、確かに誓った。

アンタは力をくれたし、力を使うに足る強者との戦闘の場を用意するという約束も果たしてくれた。

だから俺は、アンタについていくと決めた。

教会とかいう、未知の世界と領域を教えてくれたのもアンタだ。

けど、けどな、けどよ——。

「皆の者。黙祷——」

俺は視線の先にいる異様な集団を眺める。

男女年齢その他一切関係なく、全員下着だけの姿になって信仰を捧げる、その異様な集団を。

(なんだこれは……夢か……？　いや、現実だ……)

目の前に広がる異常すぎるこの光景は、紛れもなく現実。悪夢のような光景だが、現実なのだ。

俺のボスにして、この国の王に対する信仰の儀。それが、目の前の光景の正体だ。

正直言って、この状態のどの辺がボスに対して信仰を捧げていることになるのか、俺には全く分からないが。というか、分かりたくもないのだが。

「ヘクター様。我々の信仰の儀は、いかがだったでしょうか？」

暫くしてから、先頭にいた男が俺に尋ねてくる。その面持ちは真剣という他なく、如何にこいつがこの信仰の儀とやらに本気なのかを示していた。

けどな、ほぼ半裸なんだ。

（いかがだったでしょうかじゃねぇよ知らねぇよんなもん）

服を脱ぐ理由は、特にない。

いや「服を着ていたら不敬」とか「服を着てジル様と対面するなんてジル様にとって危険人物すぎる」とか「キーラン様が言ってるんだから間違いない」とかなんとかそういう理由で脱いでいるらしいが、服を着ていない方が不敬だと思うのは俺だけだろうか。服を脱いだ状態で貴人と対面するような人物の方が、よほど危険人物ではないだろうか。

何かしら彼らなりの偉大な信念がある訳でもなし。はっきり言って、よく分からない。

（キーランあいつほんと……）

本気で内心で頭を抱える。

しかしこの場にいないクソ野郎に殺意を抱いたところで非生産的だし、こいつらだってキーランがいなければ普通の日常を過ごせていたはずだ。つまりこいつらも、哀れな犠牲者ってことになる。八つ当たりなんてのはもってのほかだ。

だから俺は行き場のない怒りを強引に鎮《しず》めつつ、半裸の集団に向かって口を開く。

「あー。まあ、良いんじゃねぇの？」

めちゃくちゃ適当だったが、満足したように頷いている変態集団。

（大丈夫かこいつら……）

こんなもんの良し悪しなんざ分かる訳がない。そんなもんが分かるのは、キーランと教会の連中くらいだろう。

ちなみにセオドアが初めてこの光景を見た時は『……バカバカしい。なんだねこれは？　私はいつから、カルト団体に属していたのだね？　裏方の仕事は私がやる。ジル殿の命令以外では、私は決して表には立たない』と至極真っ当なことを言って逃げた。

卑劣な真似を好む陰気臭い奴だと思っていたが、セオドアはこの世界で数少ないまともな人間だったらしい。

それだけで俺はセオドアと仲良くなれる気がしてきたし、時間が空いたら差し入れを持って研究室に足を運ぶようになっていたりする。何せ、数少ない本物の仲間だからな。

するとセオドアが『……はあ。コーヒーくらいはくれてやろう。そこに座っていたまえ』とか言って、ちょっとした和やかな時間を過ごすことができるのだ。

今の俺にとって、数少ない癒しの時間。

まさかセオドアの野郎とあんな穏やかな時間を過ごす日が来るとはな。ボスが帰って来たら、ボスも交ぜて慰安旅行的なものをしても良いかもしれない。

キーラン？　放置に決まってんだろうが。

（てかもういっそのこと、姫さんだけじゃなくて、それ以外の教会の連中も連れて来たら良いんじゃねえの？）

半裸の集団と化した国民は、もうその同類である教会の人間に丸投げしてしまえば良いのだ。特にソフィアの嬢ちゃんは、普通に会話が成立するし奇行に走ったりもしない稀有《けう》な人材だ。半裸集団と俺達の橋渡し役としては、ちょうど良いだろう。本人も、ボスの近くにいたがってたしな。

何より、あの女は強い。それこそ、今の俺では届かねえくらいには。

（にしても教会の連中とボス。そして俺達が本腰を入れればこの世界くらい簡単に制覇できそうだがな……）

ボスの最終的な目的は、この世界の王として君臨することのはず。

教会とかいう狂信者集団に対して苦手意識を抱いているのはなんとなく察しているが、ボスの性格的に使えるものはとりあえず使いそうなもんなんだがな。

となると。

（使えない理由がある？）

けど、世界征服に強大な戦力を使えねえってのも変な話だ。

（そうする理由も、そうなる理由もねえ。……いやそもそも、世界征服以外の目的があんのか？　あるいは俺がボスの最終的な目的だと思っていることの、更に先がある？）

この世界の頂点に立つこと以上に困難な何かを、ボスは見据えているんじゃねえか？　という考えに至る。

——神は絶対だ。

(……まさか、本当に神なんてもんがいるなんて話じゃねえだろうな。概念的な存在だとか、お伽《とぎ》話《ばなし》に出てくるようなもんじゃなくて、マジで実在しているんじゃねえだろうな)

だとしたら、ボスは教会の連中と最終的には敵対する可能性を考えている？

何せ教会は、神を信仰する勢力だ。仮にボスの真の目的が神々なんてものの排除だとしたら？

神々を信仰している教会の連中は、当然ボスの敵に回るんじゃねえか？

(教会におんぶに抱っこで世界征服なんて、あっちゃならねえな)

神々に加えて、教会の連中との敵対……だとしたら――

(今の鍛え方じゃ全然足りねえ、もっと鍛えねえと……)

ボスは強い。

化け物みたいに強えし、その胸に宿している野心も常人を遥かに超越したもの。

けれど、けれどそんなボスの奥深くにある真の内心は、多分俺達とそう変わらない普通のものだ。

だからボスと並び立てる存在がいないと、きっとボスは……どこかで折れちまう。

(おもしれえ。やってやろうじゃねえか)

一度主人として仰ぎ見た以上、俺のやることは決まってる。

俺にできるのは戦うことくらいで、ならばその分野で他の連中に後《おく》れを取る訳にはいかねえ。

ボスの隣に立って、ボスが仮想敵としている神々の相手をしてやろうじゃねえか。

……まあそれはそれとして、半裸集団の相手をするのはもう勘弁だが。

早く帰ってきてくれねえかなボス。

この時の俺は、まさか五日もボスが不在になるとは思わなかったし、セオドアを引っ張り出すハメになるとも思っていなかったし、二人仲良く気を失うとも思っていなかった。

――ああボス。アンタの代わりなんて誰にもできねえよ。だからボス、アンタがこの国の王だ。そんな訳で国民に関しては、自分でどうにかしてくれ……。

第三章　頂点達の策謀

信仰の儀を見届けてから城に戻った俺は安心感から危うく意識を飛ばしかけたが、なんとか持ち堪えることができた。ジルという絶対者が意識を飛ばすなど言語道断である、と己を強く叱責することで、耐えることができたのだ。

（俺は、乗り切った。あれを乗り切れたんだ。ならば意識を保つくらいのことも、できて当然だ……！）

加えて、エミリーとクロエからの誤解もなんとか解けた。

俺が国民に脱衣《半裸》を強要する暴君《変態》であるという最悪すぎる誤解を、解くことに成功したのである。

この偉業は末代にまで語られるべきではないかと思うのだが、今は置いておこう。

まあやったこと自体は非常にシンプルだ。〝この国に古くから伝わる儀式〟……とかなんとか言って誤魔化した。ただそれだけである。

お国柄といえばなんとなく触れてはいけないものを感じたのか、二人は納得した。お前達の国の魔術狂も似たようなもんだろうが、と言わなかったのは間違いなく俺の優しさである。

なおその後、バベルに移住するステラには「キーランによって広められた彼の故郷の忠義《信仰》の証」と、半分本当半分作り話で伝えた。

ステラが今後ヘクターやセオドア辺りと行動を共にすることを考えたら、いずれ真実がバレるのは時間の問題だからな。

（そしてそれが最悪の形で、俺による訂正がすぐにできないような状況で起きてしまったら……）

取り返しのつかないことになる、と俺は確信する。

例えば、そう――


『それにしても、ジル少年の国って凄いよねえ。あんな文化が古くから伝わっているなんてさ。いやあ、魔術大国では信じられない光景だよ。異文化だねえ』

『いや、あんな文化が古くから伝わってる訳ねえだろ。どんな国だよ』

『え、じゃ、じゃあ、やっぱり最近になって（ジル少年によって）強要されたの!?』

『強要っつうか、（キーランによる）一種の洗脳教育っつうか』

『そ、そんな……彼がそんな変態だったなんて……』

『俺もあんな変態だとは思ってなかったぜ……』


――俺の与り知らぬところでこんな状況に陥ってしまったら、俺の精神は死ぬ。頑張って作り上げたジルのキャラクター像も死ぬ。つまり、ゲームオーバーである。

（というか最悪、ステラの帰国もあり得る。ステラの帰国に釣られて他の誰かも転職しかねん）

ならば下手な誤魔化しで有耶無耶にせず、先にゲロってしまうのが賢い選択というもの。彼女は「本当にキーランくんの故郷でこんな教えがあったの？　自分の趣味とかじゃなくて……？」と言わんばかりに半信半疑の視線をキーランに送っていたが、その辺は俺の与り知らぬところだ。

（今すぐにでも、信仰なんてバカな真似はやめてもらいたいんだが――）

ああしかし、俺はとある仮説を立ててしまった。

より正確には、その仮説を立てざるを得なかった。

そしてその仮説が真実なのであれば、それが上手く回れば俺が神々に対抗する手札として十分に機能し得る程のもので……それ故に、俺は彼らの信仰を止めることができない。

（信仰心だけが条件なのかは実験してみないと分からんが……）

魔術大国で俺を信仰する集団が爆誕したのは記憶に新しく、そしてその瞬間に俺の能力が向上したことも記憶に新しい。その能力の向上の仕方が、魔獣騒動の後に俺の能力が向上した時と酷似していることに気づいたのもまた同様だ。更に言えば、半裸の集団による信仰の儀によって、それはそれは深すぎる信仰を得ると同時に、リアルタイムで微増していった俺の能力。

これらの事実に基づいて、ここまで得られた情報から仮説を立てると。

（俺《ジル》を信仰する人間が増えたり、人々が俺《ジル》に向ける信仰の度合いが高まれば高まる程、俺の能力が向上する可能性がある）

民衆から向けられる信仰心の強さが、神の能力に直結する。言葉にすると成る程、ありそうな話だと思えてくる。

結局のところ神々なんてのは、自分達を信仰してくれる人間がいて初めて〝神〟として成立するのだ。信仰が存在したから神が誕生したのか、神が存在したから信仰が誕生したのかという鶏が先か卵が先かのような話になってくるが。

勿論、民衆からの信仰心がなければ神々は弱いという話ではない。何故なら、グレイシーや【熾天】といった神の血を引く連中は、民衆から信仰心を向けられていないにも拘わらず、化け物のように強いからだ。

（神の血を引いてる連中が信仰心の有無に関係なく強いのに、その大本である神々は信仰心がなければ弱い……などということは考えにくい）

信仰心はバフのようなものであり、ベースの部分については信仰心と無関係であると考えるべきだろう。「神々への信仰心をなくせば打倒神々なんざ楽勝だぜ」なんてアホな結論に着地しないようにせねば。

（だからここは神々へのデバフではなく、俺へのバフとしての機能に注目するとしよう）

俺は己が強くなるためならやれることはやり尽くす主義である。俺に向けられる信仰心の類が俺の戦闘力向上に直結するのであれば、それを活かそうと思うのは当然だ。

（バフの倍率は微々たるものかもしれんが、その微々たる倍率が命運を分ける可能性だってあるからな）

さて。ここで俺的に気になってくるのは、信仰心じゃなくても能力向上は可能なのかという点だ。

畏怖の念や畏敬の念でも問題なく能力が向上するのなら、既に俺を信仰してしまっている連中はともかくとして、今後はそっち方面で行動していきたいというのが本音である。

半裸の集団を増やしたくないからな。

(まあどっちにしろ、俺がやるべきことは決まってしまったんだが)

これもある種の因縁というやつだろうか。

まさか俺が、原作のジルが果たそうとしていた野望を成すために行動することになるとは思ってもみなかった。

全世界の人間から信仰、あるいは畏敬の念を抱かれるために、俺が取れる手段なんてもはや一つに等しい。

(大陸の覇者になれば、俺に信仰心を向ける人間は増えるだろう)

即ち、世界征服。いや言葉の意味を考えたら、天下統一の方が正確だろうか。まあ些細な違いだが。

(現在俺のことを信仰している国は、バベルと魔術《マギア》大国の二国。なら後は、せめて大陸中の小国はあらかた掌握しておきたいところだな)

とはいえ、天下統一を成すのは並大抵の難易度ではない。

いやまあ正確には、単純に大陸中の国家を支配するだけであれば、教会勢力も動員すれば武力的に優位に立ち回れるので、難易度はさほど高くはないのかもしれないが。

(信仰心を得るためには、支配したら一件落着……なんて、単純な話じゃないからな)

俺にとって天下統一は目的ではなく、あくまでも手段なのだ。

最終的な目的が神々への下剋上である以上、単純に大陸を支配するだけでは意味がない。万が一、信仰心を得られなければ俺の能力向上に繋がらないのであれば、武力を用いて天下統一を成し遂げたところで、俺の目的達成には役立たないからだ。

不良高校で恐怖政治を行う番長が全校生徒から信仰される訳ではないのと同じで、恐怖による支配で人々から信仰心は得られない。ならば恐怖による天下統一なんて達成したところで、時間の無駄である。

（かといって、信仰を得ることだけに固執して、そこで時間をかけすぎたら本末転倒だからその辺の見極めも慎重にしないとな）

正直な話、大陸の人口の六割前後の心を掌握できれば十分だと思っている。

まあ元々、【神の力】確保のために各国へなんらかのアプローチが必要だったのだ。少しばかり手間が増えただけとでも思っておこう。

（アプローチをかける時期の見極めも大事だな。タイミングってのは結構重要なポイントだ。機嫌が悪い相手より、機嫌が良い相手の方が交渉を進めやすいのと同じだな。相手の機嫌が良いタイミングで交渉を進める要領で、相手国の様子見をして——）

まあ俺がやることを簡潔にまとめてしまうと、「縛りプレイをしつつ、可能な範囲で世界征服をやっていこう」という話だ。

（一応あの国に対しては既に餌を撒いているが、さて）

どうなることやら、と思いながら俺は玉座から立ち上がる。そして、隣で何やら奇怪な動きをしている少女へと顔を向けた。

「【加護】の調子はどうだ、ステラ」

「悪くないけど悪いよ！　意味が分からないよほんと⁉︎　時間の操作って、魔術的には理論上は成立――」

言葉とは裏腹に、わくわくとした様子を隠そうともしていないステラ。彼女の魔術的な見解は俺としても学ぶ点が多いので、基本的には好きに喋らせて相槌を打つことにしている。

表向きは「知ってますけど？」風を装っているが、内心では当然のようにメモを取りまくっているという構図である。

「……ごめん喋り過ぎたかも」

「構わん。貴様にとっては、それだけ関心を寄せるに足るのだろう？」

「うん！　ほんと興味深いよ！　これも【禁術】に繋がったりするのかな？　ある意味、特級魔術より……。うーん、ちょっと裏庭借りて良い？」

「許す。励むが良い」

「ありがとう！　ちょっと行ってくるねー」

裏庭へと歩いていくステラの背中を見送りながら、俺は内心で歪んだ笑みを浮かべる。

対神々戦にあたって、戦力の拡充は重要事項――もとい、必須事項だ。個人的には、【レーグル】の面々には是非ともインフレについていけるだけの実力を身につけてほしい。

（特にステラは、戦闘経験に乏しいからな。まずは多くの実戦経験を積ませるところからだ。あの歳で無詠唱の超級魔術に至ってる時点で、少なくとも魔術面の才能は充分だしな）

今後の俺の行動指針は、大きく分けて六つある。

第一に、【レーグル】の完成及び強化。

第二に、大陸中に散らばる【神の力】を全て手に入れる。おまけとして、可能であれば未発見の【天の術式】を探す。

第三に、天下統一とそれに付随する皆からの信仰で強化を図る。

第四に、原作ではジルの配下にいなかった強者達の従属化、あるいは強者達との同盟関係の構築。

第五に、原作主人公の所在把握。あの主人公は色んな意味で謎が多い青年なので、なるべく早く所在を把握しておきたい。とはいえあまりにも謎すぎて、現時点で彼がどこにいるのかさえも全く分からないのだが。

そして四つ目と被るが――第六に、海底都市との接触。

教会勢力以上に強大な組織……というよりもはや一つの世界であり、第三部で神々から逃げ延びた主人公達の避難所として偶然利用できた場所だ。

海底都市の頂点とは、是非ともパイプを繋いでおきたい。基本的に世界の行く末には無関心で、神々に対しても「こちらに干渉しないならばどうでも良い」というスタンスの男だが、神々と同等の力を有している存在を見過ごす訳にはいかないだろう。

（ただあそこは本当に、本当に色んな意味で極悪難易度なんだよな……。住人全員が〃新人類〃とかいう謎の生命体と化してるし、何より〃あの少女〃がな……）

少なくとも、今の俺が訪れて良い場所ではない。というより、行く意味がない。

交渉材料もないのに訪ねたところで無駄骨も良いところである。まあそもそも、生きて帰れるのかという物騒な問題も発生するが。

（……六つ目に関する方針は後々、だな。とはいえタイムリミットがいつまでなのかも分からん以上、あまり悠長にはしてられんが）

原作だと神々が主人公を追って海底都市に攻め込んだ結果、なし崩し的に海底都市も巻き込まれたが――さて、俺はどうするべきか。

（他にも【魔王の眷属】や、アニメで名称と結果だけ見せられた〃人類到達地点〃について調べたり、色々あるが……）

一先ずは、達成しやすい目的から考えよう。「道に迷った」とか言いながら戻ってきたステラを裏庭へと案内しながら、俺は思考を巡らせる。

天下統一のための、一手について。

§

「神とやらがなんなのかは知らないけれど――僕自ら攻め入り、滅ぼそうか」

冷徹な雰囲気と共に放たれた【龍帝】の言葉に、その場にいる誰もが凍りついた。

次いで、彼らの視線は【龍帝】の次に存在感を放っている〃何か〃へと向けられる。

「……」

その〝何か〟は【龍帝】の言葉に呼応するかのように静かな吐息を漏らし、鋭い眼光を走らせ、そして──

「──と、言いたいところなんですけどね」

そう言って、【龍帝】と〝何か〟は先程まで纏っていた凄絶な空気を霧散させた。老執事やメイド達がほっと息を吐き、そんな彼らを見て【龍帝】は朗らかに笑う。

「滅ぼしてやりたい気持ちは本音ですが……魔術大国に関しては、正直放置しておいた方が都合が良いので放置します」

「都合が良い、ですか？」

メイドの一人がおずおずと尋ねると、【龍帝】は困ったように眉を寄せた。

「あの国は正直色々な意味で面倒なんですよ。あの国の人々にとって、極端な話〝国〟なんてものはどうでも良いんです」

普通に考えると、国が消滅なんてしたらその国の人間は非常に困る。衣食住の問題は勿論、仕事その他諸々の面で問題しか起きないからである。

他国に移住するにしても、難民を受け入れることのできる国なんてのはそうありはしない。そして数少ない受け入れてくれる国にしたって、自分達をどう扱うのかも分からない。

故に、普通は国が滅びましたなんて話になれば困る。長期的には勿論、短期的にも問題しか起きない。

だが。

「仮に魔術大国という土地が吹き飛んだとしても、あの国の術師達は平然とした顔で、適当な土地でこれまでと同じように魔術の研鑽に励むでしょう」

だが魔術大国に関してはその常識に当てはまらない、と【龍帝】は過去にそう結論を出している。

魔術というものを第一に置いた結果、睡眠や食事といった人間の生命維持に必須なものさえ置き去りにしている異常者達。人間の三大欲求を全て魔術で埋め尽くしているような連中を、自分達の常識で考えてはいけないのだ。

「業腹な事に……彼らは頭がおかしいけど賢く、同時に、賢いけど頭がおかしいです」

魔術さえあれば無問題な彼らにとって、国は特に固執するものではない。何せ、家がなくなっても「あらー」で済ませるような連中である。研究者気質の魔術師だと研究資料が消滅した時は鬼神のように暴れるが、衣食住がなくなる分には特に困らない。

「おそらく、戦争したところで分が悪いと分かれば即座に国から逃亡しますよ彼ら。国なんてどうで良いんですから。つまり、国が滅んだとしても人は残るんです」

そして、と【龍帝】は人差し指をあげた。

「それさえ残っていれば、彼らにとっては国が消滅するなんて歴史的事件であろうと朝寝坊して仕事に遅刻した程度のものです。困ると言えば困りますが、絶望とは程遠い。つまり彼らはたくましく生き残り、世界各国に散らばり、色々あって大陸全土が魔術大国的な価値観に染まる恐ろしい世界が完成します」

なまじ強く、賢く、そして魔術狂。

そんな連中が国という檻を脱獄して世界に散らばるなど、そんな恐ろしい未来はあってはならない。

それはまさしく人類滅亡の一手であると【龍帝】は語る。

「つまり、魔術大国とは凶悪犯罪者をまとめて収容している施設のようなもの、ということでしょうか？」

「そのようなものですね。まあ、魔術大国に関しては放っておけば平和ですよ。あそこは色んな意味で自国内で完結していますからね。解き放つ必要はありません。それこそ先の言葉に倣うのであれば、凶悪犯罪者が一斉に脱獄したら地獄でしょう？」

「地獄ですね……」

「それと同じです。あの国を破壊するという事は、凶悪犯罪者を収容している檻を破壊する事に近い。いや本当に、魔術大国の上層部は頑張ってると思いますよ？　是非とも今後も頑張って、住人を外に出さないようにしていただきたい」

つまるところ、【龍帝】としては魔術大国に進軍する価値を見出せないということなのだろう。進軍すればむしろデメリットの方が大きいと判断しているが故に、彼は魔術大国を放置すると決めていた。

（それに、僕の予測だと戦争では最強の【氷の魔女】も控えていますしね……）

という言葉を、彼は脳内に留めた。

わざわざ言う必要はないし、今重要なのはそこじゃない。

「――だからこそ」

彼にとって重要なのは、今の魔術大国の状況は想定外も想定外ということなのだから。

「あの魔術大国が魔術以外のものに絶大な関心を抱くなんて事態は見過ごせませんね。今更、あの国が神を叫ぶ……？　他の国ならばともかく、魔術以外に興味関心を寄せない国の民が……？」

理解不能だ、とばかりに【龍帝】は表情を歪めた。

「少なくとも何かしらの原因がある事は明白です。なんの理由もなく、あの国が自発的に変化する事はないでしょうから」

§

魔術大国が突然〝神〟を信仰する国に早変わり。

そんな異常事態に対して、各国がどう思うかというとだが——正直、大半の国は「あ、ふーん」で終わらせてしまうというのが、魔術大国の魔術大国たる所以《ゆえん》である。

（元々頭がおかしい大国扱いされていたからな……。突然主義主張を変えても、「まあ魔術大国だしな」で終わってしまうのが、あの国の可哀想なところだ。どんなベクトルに変化しようと、「変人だから」で済まされてしまう）

これが別の大国であれば「どういうことだ？」と探りを入れられるのだが、魔術大国であれば各国は何かを察してこれまで通り触れないようにするというのが悲しい現実である。上層部は泣いて良い。

（……だが）

だが、一部の人間は気づく。

いくら魔術大国が変人の集まりといえど、「そうなるのはおかしい」と。

そして気づいた上で大国相手にも行動できる勢力となると、その数はかなり限られてくる。もとい、特定可能な数になるといっても過言ではないだろう。

（……とりあえずは、餌に獲物が食いつくのを期待しておこう。俺の読みが正しければ釣れるのは――）

§

「それで、どうでしたか？」

「ハッ。シリル様のご推測通り、最近魔術大国はとある小国と同盟関係を結んだそうです」

老執事の言葉に【龍帝】――シリルは「やはりそうですか」と顎に指を添えて思案する。

珍しく硬い表情を浮かべる主人の様子を見て、メイドの一人が「どうかなさいましたか？」と尋ねると。

「流石にあっさり点と点が結ばれすぎなんですよね。上手くいきすぎです。これはおそらく餌だと思います」

「餌……ですか？」

「はい。時期的に、十中八九その小国とやらは魔術大国が変化した要因です。原因、といっても良いかもしれません。勿論違う可能性もありますが……視察対象にする事は決まりですね」

ですが、とシリルは言葉を続ける。

「僕の読みだとおそらく相手……ここでは便宜上〝偽神〟とでもしておくその人物はそれなりに頭が回り、なおかつ慎重な手合いです。にも拘わらず、こうも容易く魔術大国と自らの繋がりを露見させてくるとなると……獲物を釣るための餌でしょうね。何せこの情報は、隠そうと思えば隠せたはずなのですから」

§

（俺の読みだと餌に食いつくのは【龍帝】。そして【龍帝】であれば、これが餌であることを確実に読んでくる）

多少なりとも頭を使う連中は違和感に気づく。

そして大国相手にも探りを入れることのできる人員を保有しつつ、なおかつ真正面からぶつかっても打ち負けないが故に行動もできる国は、同じ大国以外には存在しない。

だが、たとえ大国であっても魔術大国には可能な限り触れたくないというのが実情だ。違和感を抱く頭脳を有しつつ、探りを入れられる態勢を整えていたとしても、「魔術大国だから嫌です」という具合に見て見ぬ振りをしてしまうのである。

故に、ほとんどの国が触れたくない魔術大国《もの》に触れてでも状況を把握しておきたいと考えるのは、大陸を統べようとするほどの野心ある人間が頂点に座す勢力以外にあり得ない。

そして俺の原作知識から推測するに、これら全ての条件に該当するのは【龍帝】のみ。

（普通に考えれば、餌だと気づけば手を引くが――）

§

（餌だとは分かりました。しかしだからといって、引く訳にはいきませんね）

シリルは思考を巡らせる。

相手の最終的な目標はおそらく、自分と同じもの《世界征服》だ。そして恐るべきは魔術大国に自身を神として崇めさせるという手段をもって、大国をも手中に収める手腕。

そんな手腕の持ち主を放置していれば、どれだけの速度で勢力が拡大するのか読めたものじゃない。

大国をも染め上げる手腕を有しているとなると、小国程度であればあっさりと陥落する可能性が極めて高く、いずれはこちらが四面楚歌の状況に持ち込まれる可能性すらあるだろう。

（武力以外の方法で支配したという事は、偽神が保有する戦力自体は小国らしく、大国には及ばないとも推測できますが……）

――だとすれば、自分を釣る理由はなんだ？　とシリルは目を細めた。

魔術大国の異変について「魔術大国だから」という先入観で思考を止めない人間であれば、誰だって〝神〟という存在の正体に疑問を抱くが、しかしそこから実際に行動に移して調査できるかと言われると話は変わる。価値観の壁もあるが、何より能力的な障壁が存在するからだ。魔術大国は確かに狂人国家であり、そこが注目されがちだが……その能力は本物なのである。魔術大国の怒りに触れた結果、消し飛んだ国すらあるのだから。

（間違いなくこれは餌。しかしその餌に食いつける存在はそもそも限られている……）

そういった複数の疑問点を繋いでいくと――偽神は【龍帝】を釣ろうとしているのではないか？という可能性に辿り着くのだ。

（冒険者組合もある程度は条件に当てはまりそうですが、しかし冒険者組合との接触を目的に餌を撒く必要はない……。そんな事をせずとも冒険者組合との接触は可能ですし、魔術大国との繋がりを得ているならばそんなものは不要なのだから）

冒険者組合。

かつて大陸の未知を開拓していく姿から冒険者と呼ばれ、そう名乗っていた者達の集いが原点の組織である。現代では未開の地がほとんどないため、冒険者とは名ばかりの便利屋になっているが。

基本的に大国とは繋がりを持たない組織――双方にメリットがないため――だが……小国にとって、かの組織との繋がりは死活問題にすら発展しかねないもの。依頼を受ければなんでもこなす〝便利屋〟という性質は、小国が頭を悩ませる魔獣討伐だとか、人手不足解消だとかで重宝されるからだ。現に大陸には、冒険者組合なくしては成立できないような弱小国家がいくつも存在している。

そういった数多の小国と繋がりを有する冒険者組合の影響は強く、それこそ大国にすら並ぶほどだ。大陸最強格に匹敵するとされる存在が君臨しているのも、大国に並ぶ所以である。

冒険者組合であれば魔術大国の異常に対して探りを入れられるだけの能力を有しているし、魔術大国が狂人の国だからという理由で思考を停止しない……もとい、できない。小国をビジネスパートナーとしているが故に、大国の動向には目を光らせる必要があるからだ。

よって、冒険者組合が件《くだん》の小国を特定することは可能だろう。餌に食いつくための最低条件は揃っているのだから。

だがその餌が、冒険者組合に向けて撒かれたものではないことは自明の理。

（こんな回りくどい真似をしてまで、冒険者組合と接触する必要なんてありませんからね）

大きい理由は二つ。

一つは、件の小国が魔術大国との繋がりを持つ以上、死活問題レベルの人手不足なんて事態になっているとは考えにくく、冒険者組合との繋がりを得ようとする理由に乏しいというものだ。

もう一つは、冒険者組合は小国側からのアプローチを拒まずに接触してくれる組織だからというもの。

つまるところ、件の小国が冒険者組合との接触を望むのなら、わざわざ餌を撒く必要はない。そしてそれ以前に、件の小国が冒険者組合との接触を望むとは考えにくいのである。

故にこそ、シリルは「僕個人を狙った餌なのか？」と疑問を抱く。抱いてしまう。

加えて、別の疑問も存在していた。

「……」

「シリル様？」

「……いえ、大丈夫ですよ」

心配げにこちらを見やる侍女に微笑みつつも、シリルは思考を止めない。

（間違いなく相手はそれなりに頭が回る……はず。しかしおかしい。所々おかしい。所々だが僕の想定する偽神らしくない結果が生まれている。……まさか、偽神以外にも行動している人間がいる？　いやもしや、偽神を神として崇めさせようとしている黒幕のような存在がいる可能性……）

様々な可能性を考慮し、そしてシリルは頭を横に振った。

（いずれにせよ、自分の目で確かめるのが手っ取り早く確実……。そう、自分の目で……ね）

よくよく考えれば、自分《【龍帝】》だけを特定して釣るなんてそもそも不可能なはずだ、とシリルは結論づけた。何せ、向こうは自分《【龍帝】》のことを知らないのだから。

確かにこちらの性格や目的、価値観、その他諸々を偽神が把握しているならば、これは【龍帝】専用の餌と言えるだろう。いやそれだけでなく、大陸全土の情報を有す必要もある。【龍帝】と同条件の人間がいれば、それだけ対象は増えてしまうのだから。


しかし、果たしてそんなことがあり得るのだろうか。

（流石に非現実的でしょう）

あり得ない。というより、考えにくいとシリルは判断する。

所詮、これはあくまでも不特定多数――といっても、偽神の中で一定の仮想敵はいるだろうが――に対して張り巡らせた餌に過ぎない。その餌を取るのが、たまたま自分だったというだけだ。

それによくよく情報を整理すれば、偽神のやり方は無駄が多すぎる。はっきり言って、あまりスマートじゃない。

(であればこれは、僕だけを標的として撒いた餌ではない。もしもそうなら、もっとスマートに撒くはずだ)

見え透いた罠。それも有象無象を想定して張られた罠程度、この身が真正面から打ち破ってやろう。

そう考えて、シリルは冷たく笑った。

§

(――という結論を向こうは叩き出すはず)

俺の有する最強アドバンテージ〝原作知識〟。

【龍帝】は俺が彼のことを把握しているなんて知る由もなく、であれば「考え過ぎだろう」という結論を出さざるを得ない。

【龍帝】は聡明で、野心のある男だ。

だがそういう人間はある意味読みやすく、何よりも扱いやすい。例えば、罠と分かっていても引けない時がある、という具合にな。

（まあそれはジルという仮面を被っている俺にも言えることなのだが）

仮に挑発なんぞされようものなら、内心ではどれだけ嫌だと思っていようが、笑顔と殺意を振り撒きながら応じざるを得ないので。

（さて、来るが良い【龍帝】。俺は手始めに、お前の国を崩す）

§

（とはいえ、もしも僕を限定して罠を張っていたら……という想定くらいはしておきましょうか）

あり得ないとは思うが、偽神はそれなりに頭が回ると読んでいるのも事実。

ならば最悪の可能性を一応は想定し、偽神の狙いを考慮しておいても損はないだろう。

（仮に対象を僕に限定しているとしたら……魔術大国の次は僕の国を崩そう、とでも考えているのでしょうね。確かに大国を二つも崩せば、実質的に大陸は獲れたようなもの。しかも、周囲はその事実《ほぼ王手の状態》に気づかない。というより、気づけない。何せ魔術大国を裏から支配している以上、表向きはこれまでとなんら変わらない世界ですからね。他国へ強襲を掛けるには打ってつけの状況が整う訳だ）

ですが、とシリルは床を鳴らしながら歩みを進める。そして巨大な〝何か〟の前で立ち止まると、ゆっくりとそれを見上げた。

（逆に言えば、偽神の国を僕が裏から取り込めば、僕は実質的に魔術大国も保有している事になる。

一気に世界征服へのアドバンテージを得られるという訳ですか）

つまりこれは決戦だ、とシリルは結論を叩き出す。

地力。武力。財力。駆け引き。その他諸々を駆使して、どちらが大陸の支配に王手をかけるかの真っ向勝負。

（良いでしょう。ならば、静かな戦争を始めましょうか）

面白い、乗ってやろうと【龍帝】は目を細めた。

「――【龍帝】」

「――【偽神】」

「私は私の全てを以って」

「僕は僕の全てを使って」

「「貴様《おまえ》の全てを手に入れる」」

§

【龍帝】シリル。

橙色の髪と金縁《きんぶち》のモノクル。そして、基本的に王子様風で柔和な笑みを浮かべているのが外見的特徴の青年だ。

その見た目通りの穏やかな性格と世界征服を目指す苛烈な性格を矛盾なく両立させており、物語の設定上では『ジルと似た価値観を有しているが故に、互いに好ましくは思うが最終的には敵対する』とまでされている。

さて。そんな彼にとって、魔術大国の異変は気になって気になって仕方がない事例だろう。アニメでは、魔術大国の狂人達にも思考停止で対処しないことを心がけていた男だ。間違いなく、異変と同時期に魔術大国と同盟関係を結んだ俺の国に注目し、接触しようとする。

――そんな俺の読みが的中したと確信したのは、俺が魔術大国から帰国して三日後のことだった。

「ボス。【龍帝】からの封書ってのが届いたぜ。開いた途端に何かが起きるような罠の類じゃねえってことは、セオドアやステラが確認済み……って、何してんだ？」

執務室にて作業中の俺に対して、封書を手渡しに来たヘクターは不思議そうな表情を浮かべる。俺はヘクターに礼を言いつつ、【龍帝】からの封書を受け取った。

「グレイシーのための部屋作りの最終工程だ。城内であれば問題なく生活できるようにはしたが、自室に関しては一線を画す快適さを提供すべきであろう」

「あー」

「客人をもてなすのは王として当然の責務。妹ともなれば尚更よ。やりすぎるくらいでちょうど良いというものだ」

そう言いつつ、俺は封書を開いて中身に目を通す。

そのままざっと視線を走らせて――俺の読み通り、【龍帝】が直接この国を訪れたいという内容に口角を吊り上げた。

「で、どうだった？」

「現状は、私の思惑通り事は進んでいる。まあこれは当然だ。互いに互いの思惑通りである事を承知の上で行動しているのだからな」

「殴り合いの時に、わざと作られた隙だと分かっていても飛び込まねえといけねえ時もあるのと似たようなもんか」

「然様。少なくとも【龍帝】は、私が罠を張り巡らせているという事までは認識している。だが、私が【龍帝】の性格や価値観、行動原理に関する情報までをも大まかに掴んでいる事までは想定してはおらんだろうな。……いや正確には、考えとしては至っていようと、現実味がないと切り捨てる」

賢《さか》しいからこそ、俺がシリルの全てを把握している可能性なんてあり得ないと判断してしまう。

……少なくとも、現時点では。

「国の頂点が直接敵地かもしれねえ場所に乗り込んでくるってのは中々に豪胆だよな」

「奴……というより正確には奴の使役する〝竜《ドラゴン》〟は、大陸で頂点に位置する戦力を誇る。本人もそれなり以上に強く、如何な兵士よりも奴自身が最も生存率が高いであろうよ」

「ボスが教会勢力相手に一人で乗り込もうとしてたようなもんか」

「うむ」

「成る程なあ。下が弱けりゃそうもなるか。それが一番、損失がねえんだもんな」

そう言ってヘクターは、天井を見上げると。

「ま、とりあえず俺は【熾天】くらいには強くなるわ」

「……大きく出たな。アレらは正直、人間の範疇を超えた存在だが」

ヘクターの言葉は嬉しいし、絶対に不可能という訳ではない。

確かに、神の血を引く【熾天】は人類を超越した存在だ。人類の頂点に位置する大陸最強格ですら、【熾天】には届かない。

だが、極一部の人間連中がインフレして【邪神】なり神々なりと戦えるようになったという実績が原作にある以上、絶対にあり得ないという話でもないのだ。

しかしそのインフレは、方法として確立されていない——もしくはアニメではまだ説明されていない——まさしく〝覚醒〟としか言いようがない手段によるもの。

名を、〝人類到達地点〟。

俺も隙間時間に自分の体を使って色々と試してはいるが、全くもってよく分からん代物である。

（……いや、ヘクターの場合はグレイシー関連で、別の手段で覚醒する可能性があるか）

所詮はグレイシーの「種を与えた」という発言からの推測に過ぎないが、前後の文脈からして、そう外れてはいないだろう。グレイシーが神に最も近い存在である以上、何かしらの強化を他者に施せる可能性は十分にある。

「そんくらい強くならねえと、全然足りなさそうだしな」

「そうか。……仮想敵が必要であれば申すと良い。私が直々に相手をしてやろう」

「ボスは忙しいだろうが。まあ、行き詰まったら頼むわ」

§

（さて、偽神の真価を見させていただきましょうか）

自らの相棒の背に跨《またが》りながら【龍帝】シリルは思案する。

先日送った文書の返事は、すぐに来た。こちらは大国だというのに、堂々とした文面――なおかつ失礼な箇所は見当たらない徹底ぶり――を即座に返事としてよこした偽神の行動に老執事や大臣達は僅かながら動揺していたが、シリルはそこに驚きはしなかった。

（魔術大国を支配下に置いている以上、大国であるこちらに対しても、ある程度強く出る事ができるのは当然の事。加えて、向こうは誰かが接触してくる事を意図して餌を撒いていたのだから、どこかしらの国がコンタクトを取ろうとするのも想定の範囲内でしょう。この二つの前提がある以上、即座に返事が来るのは、驚くに値しません）

小国である以上、大国相手には慎重に打って出るだろう。大国相手には謙《へりくだ》るだろう。大国相手には萎縮するだろう。大国相手には返事に時間がかかるだろう――そういう先入観を抱いている相手に対して、偽神のやり方は非常に効果的なものだった。

これだけすぐに対応できるということは、全て相手の掌の上なのではないか――そう錯覚させることが可能な、妙手。

事実、自分以外の者達には軒並み動揺が走っていた、とシリルは苦笑を浮かべる。動揺が走れば隙になり、思考も疎かになってしまうことを考えれば、アレは非常に有効な一手なのだ。

――シリルが予測していたパターンの一つに該当していなければ、の話だが。

(格下が格上相手に喰らいつくには、奇襲奇策が最も効果的。そして今回の場合、その手段として文書の返答を即座に送り、なおかつ強気な態度で打って出るというのは、様々な面から見てやりやすいですからね)

予測していたこと。それもそれなりに高確率でそうするだろうと考えていたケースに動揺するほど、シリルは幼くない。

(奇策に走るという事はやはり、偽神はそれほど強大な力を有していないと考えるのが現実的ですかね。しかし力では劣る分、狡猾《こうかつ》な一手も厭《いと》わない手合いと見ました。……ふむ。場合によっては、高待遇で僕の配下にしても良いかもしれません。正直、中々に好ましい度胸と価値観を有している)

様々な意味で胸を躍らせつつ、シリルは思考を巡らせる。

（小国である以上、戦力的な意味では僕の国には及ばないでしょう。魔術大国を引っ張ってこれる事を考慮すればその限りではありませんが……しかし直接僕の戦力を見ても同じ考えができるかどうかは別の問題です）

シリルが跨る相棒と、その周囲を飛翔する人を乗せた巨大な生き物達。その正体は、竜《ドラゴン》だ。人間と比較して遥かに巨大な体躯に加え、その戦闘力は言わずもがな。竜《ドラゴン》を大量に従え使役できるが故に、【龍帝】は【龍帝】足り得るのであり、歴代の【龍帝】達はいずれも名を馳せたのだ。

（人間である以上、結局のところ感情に左右される部分はどうしても存在する。理論上の最適解があったとしても、心理的要因によって最適解を選べずに、行動が変化してしまうのが人間という生き物ですからね）

大抵の場合、物事には合理的行動というものが存在する。

例えば、嫌いな人間から金貨を十枚やると提案されたとしよう。

提案を受け入れた場合は七の快感と経済的潤いを得られて、提案を断る場合は三の快感だけを得られるのであれば、嫌いな人間相手といえど金貨を十枚貰う方が合理的な選択と言えるだろう。

だが先にも言ったように、人間は心理的要因によって行動を左右されてしまう生き物である。

である以上、「はあ？　知るかよ。そんなもんいらねえ」となる人間も当然いるのが世の常だ。というかむしろ、そういう人間がいない方が怖いだろう。このように、人間という生き物は常に合理的な選択や最適解を選べる訳ではないのである。

（だからこそ心理的駆け引きや圧迫、脅迫などの交渉手段も存在する訳ですからね。まあ価値観が歪んでいる相手や、感情が乏しすぎたり自覚がない手合いだった場合は、合理的という概念の判断基準が異なるので少し話は変わりますが、それはそれです。偽神は合理的思考を好むでしょうからね。ですが――）

竜《ドラゴン》の軍勢を前にして、果たして偽神は「魔術大国が味方についている」というだけで冷静に対処できるのか？

軽く笑みを零しながら、シリルはもうすぐ辿り着く国に思いを馳せた。

第四章　【王】VS【龍帝】

「よくぞいらした、【龍帝】殿。私は今回の案内役を務めさせていただく、セオドアと申す者です。以後、お見知り置きを」

目的の国に降り立ったシリルの前に現れたのは、セオドアと名乗る年若い男だった。

長身痩躯《ちょうしんそうく》な体格に、研究者然とした姿から連想させるイメージと変わらず、彼から感じ取れる実力はさほど高くない。

「いえいえ……私の方こそ、貴国の王から快いご返事をいただけた事に感謝していますよ」

それにしても、相当な胆力の持ち主を従えている、とシリルは偽神に対する評価を一段階上げた。

人間を凌駕する竜《ドラゴン》や、屈強な戦士に囲まれても一切動揺せず、自然体でいられる精神力を有する人間を従えているとなると、従えている側の偽神本人もやはり優秀なのだろう。

（――ですが。おそらく彼は、その類稀なる精神力を理由に案内役として抜擢《ばってき》されたのでしょう。普通に考えて、案内役として研究者を採用するのは不自然ですからね。その不自然さを呑み込んででもこちらに精神的優位性を与えないための策、といったところでしょうか）

普通に考えれば他国の重鎮の案内役としてはそれなりに階級のある兵士をよこすか、立場の高い従者をよこすのがこの世界では基本だ。あるいは小国であれば、王直々に案内役を務めることもあるが、それはまた別の話だろう。

しかし、目の前の男はどちらにも該当しないし、本人もそういった教育を受けてはいないのだろう。礼儀は払ってくれてるが、慣れていない。

となれば彼が案内役を務めるのは、その強固な精神性を理由とした特例措置と考えるのが自然だ。

(小国特有の人材不足、というやつでしょうね)

しかしその少ない人材で上手いこと大国相手に立ち回ろうとする気概は素晴らしい。ますます欲しくなってきた、とシリルは内心で笑みを浮かべる。

そんなシリルの内心を知ってか知らずか。セオドアは眼鏡を中指で軽く押した後、その指を鳴らす。

「では参りましょう。王都の門から王城までは、すぐそこです」

そして門が開き——視界が、肌色に染まった。

「…………」

目の前に広がる光景に、思わずシリルは絶句する。

「な、なんだあれは……」

「半裸の集団……!?」

「ひっ……」

「へ、変態だ……」

背後で配下達が騒めく。配下達の動揺が竜《ドラゴン》にも伝播したのか、身じろぎする物音が響いた。

（なんですか、これは――）

しかしさしものシリルも、今回ばかりはいつもの冷静さを保つことができなかった。

何故なら、

（なにかの、儀式……？）

何故なら視界に映るのが、半裸の軍勢だからだ。正確には、一応大事な部分はきちんと隠れているが、だとしても意味が分からない。

その半裸の軍勢は一心不乱に頭を下げ続けており、時折「ジル様万歳！」という喝采が響く。

（ジル、とは確かこの国の王の名前。つまり、魔術大国が讃え始めた神に該当する人物。だとするとこれは偽神を讃える儀式なのか……？　魔術大国と同じく、神を信仰するような側面がある事は、勿論ながら予想はしていましたが……）

シリルは高速で思考を巡らせる。

人類で最も聡明な頭脳の持ち主である彼は、全力で目の前の光景への解を導き出そうと考え込んでいた。

（分からない。分からないですよ。服を脱ぐ事に、一体なんの意味があるというのです……？　神が偽物ではなく本物だったとしても、意味もなく服を脱いで祈りを捧げさせる訳がない。偽神は、僕に追随する頭脳を持ち合わせているはず……。であれば、服を脱いで祈りを捧げさせる事にはなんらか

の意味があるはずです。なんの意味もない行為を民衆にさせる訳がありませんからね。そんなものは、合理性に欠くので。……いえしかし、こんな事に意味があるのか？　あって良いのか？　いやしかし、仮に意味がないのだとすれば、それはそれで偽神は〝道楽で服を脱がせる究極の変態〞という事になりますし……。なんだ、本当になんなんだこの状況は……）

おかしい。偽神らしくない、とシリルは焦燥する。

流石にスマートさに欠け過ぎている。端的に言って、美しくない。色んな意味で。

（僕に精神的な圧力をかけようという魂胆か？　この集団を目にした時の、僕の反応を窺《うかが》っている？　僕は今、試されている……？　どこまで突き抜けた行動を取れば、【龍帝】である僕の精神を揺さぶれるのかを、偽神は試している……？）

幾多ものパターンを推測。

しかしいずれのパターンを選択しても、半裸に着地した意味が分からない。別に、半裸という手段でこちらの動揺を誘わなくても良いだろう。それこそ、他国から不名誉なレッテルを貼られる危険性さえも孕んでいるのだし。

（とはいえ、事実としてこちら側が動揺させられている以上、策は成功していると言えなくもないのでしょうか）

いや、だがしかし、とシリルは内心で渋面《じゅうめん》を浮かべた。

（彼らはなんの疑問も抱かずに、当然のように半裸になって祈りを捧げている。だとするとこの国の人達は王が「服を脱げ」と言えば誰も反発せずに服を脱ぐほどの忠誠心を備えているという事に――

……っ！　成る程、そういう事ですか。僕に国民を買収するのは不可能だと暗に伝えるために……）

こちらを動揺させ、なおかつ民衆の忠誠心の高さを見せつけるために彼らを半裸にさせたのか、とシリルは偽神の恐るべき所業に戦慄する。一石二鳥。二兎を追って二兎とも捕獲している偉業。

だがその偉業の恐ろしさ以上に、半裸になって祈りを捧げる行為に拒否反応を示さない民衆の価値観の異常さに、シリルは思わず後退しそうになっていた。

（恐ろしい……恐ろしいですね……）

おそらく、シリルは疲れ始めていた。考え過ぎた結果、全くもって意味不明な解答を出す程度には、彼は既に壊れているのである。

現在、偽神ことジルは「やべえ半裸になるの止めるの忘れてた。てか半裸になるのを止めるってなんだよ……普通そんなの考慮して他国の重鎮と会談なんて臨まないんだよ……意味分かんねえよ」みたいな感じで王城で一人焦っているのだが、シリルはそれを知る由もない。

故に、シリルの暴走は続く。

（何より、セオドアという男……）

セオドアを見ながら、シリルは偽神に対する評価を三段階ほど引き上げる。

（面構えが凄まじい。真剣な面持ちだ。どれほど神経を研ぎ澄ませればあんな表情になるのか……。加えてこの気迫。並大抵のものではない。極限の集中力といっても良いでしょう。おそらく、国民達の忠誠心を測っているのでしょうね。忠誠心に偽りがある者を、処すために。対人関係にあまり興味がなさそうな彼にこれだけの忠義を捧げさせる偽神……どれほどの傑物なのか……）

それにしても、とシリルは続けて。

(彼の半裸に対する熱意……。彼が案内役に抜擢されたのは、案外半裸に対する熱意が理由なのかもしれませんね)

セオドアとしては意識を失わないように必死なだけなのだが、シリルがそれに気づくことはない。

シリルは疲れていた。

(面白い。面白いですよ〝偽神〟。僕は本気で、貴方と知略を競ってみたくなりました)

ジルが聞けば「半裸から始まる知略の競い合いって何?」と冷静にツッコんだだろう。

かくして、天才《アホ》しかいない会談が幕を開けようとしていた。

§

人間という生き物は、不意の出来事に対して弱い。

心構えを持った上で直面する出来事と、なんの心構えもなく直面する出来事であれば、当然後者の方が精神を揺さぶられる。

お化け屋敷をお化け屋敷と理解した上で入るのと、お化け屋敷をアスレチックハウス辺りと勘違いして入るのでは、当然後者の方がお化けに対して恐怖を抱くだろう。

基本的に聡明な人間というものは、物事に挑む前の準備を怠らない。試験を受ける前にはきちんと対策を練るし、お化け屋敷に入る前は「人」の文字を三百回は手に書いて飲み込むだろう。勿論例外も存在するが、なるべくリスク管理をしておきたいと考える人間は多いのだ。

そして【龍帝】は、事前の準備を怠らないタイプの人間だ。世界征服を計画する以上当然といえば当然だが、各国に監視の目や諜報員を送り込んだり、どの国を支配してどの国を放置してどの国を滅ぼすかを熟考したり、スカウト活動だってやっている。

まあ要するに、彼は俺と同じような人間なのだ。

前もって相手の情報を集めて行動パターンを複数推測し、その推測をもとに自分の行動も事前にある程度決めておき、自分にとって都合が良くなるように場を動かして心身掌握を狙う。

さて。ではこのタイプの人間同士がぶつかり合うとき、大事になるのは何か。

答えは様々あるが、そのうちの一つは相手の隙を突き、心理的優位に立って事を進めることである。

心理的優位性というのは侮れない。圧迫面接で大抵の人間が普段通りのパフォーマンスを発揮できないのと同様に、心理状態というのは人体に諸々の影響が大きいのだ。

故に、相手の牙城《がじょう》を崩すべく不意を突くことで動揺を誘い、心理的に優位な状況を作り出すというのは非常に有効な一手になる。特に事前に念入りに準備をする人間ほど、予想外の事態には弱い傾向があるからな。

面接のために企業研究やら自己分析やら業界分析を余念なく行ったのに、いざ面接本番になって「うちの事業とは全く関係ないんだが、俺はラーメンが好きだ。だからラーメンについて熱く語れ。俺の心を震わせた奴が勝者——面接通過者だ」なんて面接官から言われた日には、目が点になること間違いなしだろう。「いやそんなもん想定してないんですけど」みたいな具合にパニック状態に陥ってしまい、上手く面接を切り抜けられなくなるに違いない。

とまあ、色々長々と説明したが、とにかく相手の不意を突くことは大事なのだ。

だから、そう。

「国の中に入った途端、突如現れる半裸の集団。これで連中は、正常な思考ができんだろう。くくっ、この世界のどこに、会談に臨もうとして半裸の集団を視界に入れる事態を想定できる人間がいようか」

「ボス。流石にその言い訳は見苦しくねえか？　いや、現実逃避してえ気持ちは分かるが」

「口を慎めヘクター。ジル様の崇高なるお考えを、何故貴様は理解できん？」

「いやキーランくん。キミはジル少年の言葉で色々察しようよ。半裸の信仰は間違いなくおかしいってことを暗に伝えてるような気がするんだけど。なんでキミって、普段は鬼のように鋭いのに、この件に関してはアホになるの？」

だから、そう。全ては俺の掌の上なのだ。

半裸の集団は間違いなく【龍帝】の思考の隙を突いた会心の一撃。もはや【龍帝】に、普段通りのパフォーマンスで頭脳戦など不可能に違いない。このデバフがあれば、俺は間違いなく優位に頭脳戦を繰り広げられるだろう。

「ステラ。貴様はジル様の真意を理解していない。ジル様はこの世界に信仰がない事を改めて実感し、嘆いておられるのだ」

「は？」

「本来、この世界の全てはジル様の所有物。であれば世界中の人間がジル様に信仰を捧げるのは当然の理《ことわり》であり、それが常識ではない今の世界を正常な状態とは言い難い」

「……」

「服を脱ぐ事によって至る最上の信仰。仮にも一国の主《あるじ》である【龍帝】が、ジル様と謁見《えっけん》するにあたってそれを想定できないなど、本来あってはならない事態だ。——良いか。ジル様はな、世界の在り方を正そうとしていらっしゃるのだ。貴様の言う〝半裸の信仰がおかしい世の中〟こそが異常なのだ。ジル様は【龍帝】があの素晴らしい光景を見た時の反応で、世界の歪みを再確認なさったのだ」

「屁理屈凄すぎない？」

「諦めろステラ。そいつのは屁理屈じゃねえ。本気でそう思って、そう言ってんだ」

「ええ……意味が分からない……。キーランくん、今すぐ頭の治療でも受けてきて」

「だよな？　まあでも、まともな奴が来てくれて良かっ――」

「頭の治療を受けるのは貴様だステラ。【氷の魔女】の魔術に凍結させられるなどという奇行を趣味としているから、オレの話が理解できんのだ」

「え？」

「は？　趣味じゃないから。生命維持活動だから」

「……え？」

人類最高峰の頭脳を有する者同士の頭脳戦は、そのままいけば間違いなく千日手。

であれば相手の能力を低下させることは、非常に重要な戦術として機能する。そしてその戦術は何も、対面で行わなければならないなどという道理はない。むしろ相手の警戒の外から行ってこそ、有効打となり得るだろう。


そう。これこそが、盤外戦術。


勝負は戦う前から始まっている。向こうが竜《ドラゴン》の軍勢を持ち込んできたのに対抗して、こちらは半裸の集団を用意したという訳だ。

竜《ドラゴン》の軍勢と半裸の集団がぶつかればどうなるかなど、結果は火を見るより明らか。それは彼らの動揺した姿が、何よりも雄弁に物語っている。

「では参ろうか。【龍帝】……貴様の脳裏に、この光景は浮かんでいたか？」

ちなみに俺は全く浮かんでいなかった。我が国の汚点は、間違いなく王都や辺境の町で広がっている光景であるからして。

「さあ、対面といこうではないか」

全ては計画通り。そう思わないと、やってられなかった。

§

城の中に入り、シリルは誰にもバレないようにそっと息を吐いた。

ようやく、ようやく半裸の状態で狂ったように信仰を捧げる集団を、視界に入れなくて済む。まさかあの集団の横を通るだけで、ここまで疲弊させられるとは思わなかった。

「な、なんだったんだあれは……」

「怖かった……」

「竜《ドラゴン》も心なしか動揺してたからな……」

「その点、【龍帝】様は流石だ」

「あの御方が従えている竜《ドラゴン》も威風堂々としていらした……」

背後で配下の者達が、安堵したような声を漏らしている。まるで過酷な戦場を潜り抜けた直後のような振る舞いが、彼らに与えられた精神的ダメージの大きさを物語っていた。

（まさか初手からこれほどの一手を突き出してくるとは……侮れませんね、偽神）

この地以外にも神を信仰する国家は少数ながら存在するが、この地は別格であるとシリルは内心で渋面を浮かべる。

一体この国の王は、どれほどのカリスマ性や扇動力を有しているというのか。そして何より、知略に優れている点が厄介だ。人類最高峰の頭脳を持つシリルとしては、確かに同格との知恵比べに胸躍る部分もあるが、目的を考えると喜んでばかりもいられない。個人的な趣味趣向より、優先すべきはこの国を手に入れ、自らの野望達成の足掛かりにすることなのだから。

（さて、気を引き締め直しましょうか）

セオドアの案内のもと、シリルは歩を進める。流石に廊下は竜《ドラゴン》の体躯では通れないので、竜《ドラゴン》達には城の周囲を飛んでもらっている。

（まあ、僕の相棒に限れば話は変わりますが……手札は隠しておいて損はありませんからね）

なお、竜《ドラゴン》達の視線は城だけに向けられていて、眼下の悍《おぞ》ましい光景は一切視界に入らないようにしていたというのは余談だ。

「この部屋の奥に、私の主にしてこの国の王。ジル殿がいらっしゃいます」

そして遂に、その時が訪れる。セオドアの言葉にシリルは頷き、背後で配下の兵士達がゴクリと唾を飲み込んだ。

あのような恐ろしい光景を生み出す国の長との対面となれば、それはどんな変態が飛び出してくるのだろうかとでも思っているのだろう。

（僕の読みでは偽神そのものは変態ではないと思いたいんですが……僕を動揺させるためにあのよう

な集団を用意するような手合いである事を考慮すると、少々分かりませんね。それに偽神本人が服を脱いでいないとしても、偽神の周りで侍っているであろう方々が半裸である事くらいは想定しておいた方が無難でしょう。セオドアという男が突然脱ぎ始める事態も警戒しておかなければ……）

――いやそれなら最初から脱いで出迎えていますよね、とシリルは内心で首を振った。最初から服を脱いで待ち構えているならまだ分かる。分かりたくないが、それならまだ納得はできる。

故に、いきなり人の前で脱ぎ始めるなんてことはないだろう。仮にそんなことが起きるのであれば、それはもはや、変態なんて言葉で片付けてはいけない類のものだ。

（……参りましょう）

そして、扉が開かれた。

徐々に開かれていく隙間から漏れ出す光は神々しく、シリルは僅かばかり目を細め、そして――

「よく来たな、【龍帝】殿」

そして、シリルは見た。

「私がこの国の王――ジルだ。……くくっ、歓迎するぞ。何せ此度の貴殿達は、客人だからな」

自身の絶対性を信じて疑わない笑みを浮かべながら、大国の頂点に君臨する自分《【龍帝】》に対しても不遜な態度を崩さない〝王〟の姿を。

前髪を下ろした神々しい銀色の髪に、どこか特別性を感じさせる青紫色の瞳。全身から放たれる覇気はとてもではないが小国の長で収まるようなものではなく、狂信的な人間が生まれてしまうのも無理はないと思わせるだけのものを感じさせた。

「盛大にもてなしてやろう。だがその前に、会談を始めるとしようか？」

冷笑を浮かべるジルに対して、シリルもまた自然と冷笑を浮かべる。

「ええ。何せ僕達は、そのために訪れたのですから」

「席は設けてある。円形の机故に、上座下座の違いはないがな」

「問題ありませんよ。僕達の立場は、対等ですからね」

「然様。此度の会談は、そういうものだ」

視線が交錯して、互いの頭脳が常人では理解できない速度で稼働し始めた。何気ない一語一句ですら彼らの前では付け入る隙と化し、牽制にも武器にも変換される。

（それにしても、存在感が凄まじい。……間違いなく、実力が僕より上……いや、これは——）

言葉を交わしながら、シリルはジルの観察を行っていた。

（絶対に勝てない相手とは言わない。けれど間違いなく、彼は最低でも僕の相棒に匹敵する実力を有している……）

果たして、今得られた情報から推測できる実力が上限なのか。それとも、油断を誘うために隠されている真の実力があるのか。そこまでは、戦闘者ではないシリルにも分からない。

だがしかしここで重要なのは、目の前の男の実力が想定以上に高い——否、高すぎる点である。

（まさか、大陸最強格を超える実力者とは）

流石に、流石にこれは想定外だった。

仮に目の前の男が本気で武力による進軍を始めたら、中々に防衛し難い。

（しかし彼の周囲に護衛らしき存在がいないのは気になりますね。通りすがりにこの国の兵士を数人目にしましたが、小国の兵士にしてはそこそこな練度なれど、ズバ抜けた強者はいなかったので護衛に回しているのかと考えましたが……）

この部屋に偽神の陣営として存在するのは、偽神自身とセオドアという研究者だけ――

「失礼します」

――と。ぺこりと頭を下げた後、部屋の中に水色の髪の少女が入ってきた。

少女は紅茶の入ったカップをいそいそと卓の上に並べ終えると、ジルの後ろに控える。

（彼女は従者……？　いえ、それにしては魔力が高いし澄んでいる。この若さで、既に上級魔術であれば修めているであろうほど優秀すぎる人材……魔術大国ならいざ知らず、他の国であれば重用されるはず。小国なら尚更だ。魔術大国と同盟を結んだ以上、魔術師に対する忌避感もないはず。これほどの魔術師を徴用できるのであれば、宮廷魔術師に据えるべき……）

この場合、二つのパターンが考えられる。

一つは、人材が不足し過ぎて今回の会談のために優秀な戦闘要員に急遽従者の真似事をさせているパターン。

もう一つは、人材が豊富すぎて戦闘要員の基準が非常に高く、上級魔術を扱える少女ですら従者になるしかないパターン。

（状況にもよりますが、遠距離からの攻撃に徹するならば先程見たこの国の兵士より間違いなく強いでしょう。彼女が戦闘要員の基準に達していないとは考えにくい）

おそらく、これは前者のパターンだろうとシリルは推測する。

（動作が一々ぎこちない。従者としての訓練は受けていませんね。容姿が優れているという理由で急遽、会談のための従者に選抜したという事でしょう）

やはりこの国は人材が不足している、とシリルは確信した。研究者に案内役を任せたり、戦闘員に従者の真似事をさせたりと、随所で外交上の粗が目立つ。これは人材が不足しているが故の粗であり、間違いなくこの国が抱える弱点の筆頭。

（さて、僕はどう行動するべきか……）

だがしかし、目の前の男の実力は間違いなく本物だ。

大国をも裏から支配する手腕さえ有している以上、放置して良い存在ではないことは明白。順当にいけば間違いなく、力をつけて成り上がってくるだけのポテンシャルがある。それこそ小国を支配し続けていけば、遠くない未来で大国に匹敵しかねない。小国の背後には冒険者組合が構えていることが多いが、そんなことは歯牙にも掛けないだろう。

放置はあり得ない。であれば、自分の目的のために、どうするのが最適解か。

（支配。属国化。いや、流石に性急。名目上の予定でしたが、先ずは同盟を――）

「――ところで【龍帝】殿」

そんな思考を遮るかのように、突然目の前の男は先程までと異なる空気を纏う。なんだ、とシリルが眉を顰《ひそ》めるより早く、男は冷笑を浮かべながら言葉を放った。

「やはり、貴殿の竜《ドラゴン》は格が違うな？　伝説の竜《ドラゴン》――ファヴニールの子孫なだけはある」

その言葉を放ったジルの瞳から感じたものに、シリルは背中に嫌な汗が伝ったのを感じた。

§

「……」

完全に気配を消しながら、ヘクターは目を瞑ったまま城の一室で待機していた。

その理由は当然、主人たるジルの命令によるもの。彼とキーランは今回の会談では決して【龍帝】に姿を見せないよう言い含められているからである。

（ボスはどこまで見据えてるんだろうなあ）

今頃会談は、順調に進んでいるだろう。【龍帝】とやらは非常に聡明らしいが、流石に相手が悪い。同じレベルの頭脳を有している者同士が知略を競えば、当然ながら勝つのは事前の準備が入念な方だ。

そして事前の準備という面で、ジルの上をいく存在は中々にいないだろうとヘクターは思っている。

どのような情報網を有しているのかは分からないが、確実にジルの持つ情報量は世界でもトップクラスに位置している。勿論分野の偏りはあるだろうが、強大な勢力や実力者達の情報に造詣が深く、ヘクターをして思わず感嘆の声を漏らしてしまいそうになるほど。

教会勢力などという全く未知の勢力の情報に至っては、どこで仕入れてきたのかすら全くもって見当もつかない。あの男の前に、初見殺しは初見殺し足り得ないだろうとヘクターは睨んでいる。

……いや、半裸の集団という初見殺しは機能していたようだからそうでもないかもしれない、と半裸の集団に対して内心でドン引きしているであろうボスの姿を脳裏に浮かべながら思う。なんかこう、よく分からなくなってきた。

（まあ、ボスなら大国のトップが相手だろうが上手くやれるだろ）

超然とした空気を放ちながら、冷徹に笑うジルの姿が鮮明に浮かんでくる。

あらゆる物事を計算通りに動かし、計算外の事態すらも無理やり計算の中に放り込んで最良の結果へと導く手腕。悪名高き魔術大国でも色々とあったらしいが、結果としてジルはその魔術大国すら掌握している。

大陸の絶対的な支配者として君臨するのも、決して夢物語ではない。

（ただまあ……）

だがしかし、とヘクターは思う。

間違いなく重苦しい空気で進んでいる会談。ジルも【龍帝】も、本気でその優秀すぎる頭脳を活用していることだろう。

（なのになあ……竜《ドラゴン》がなあ……）

思い起こすのは先程の光景。一日に三度ある、神に信仰を捧げる儀礼のこと。即ち、半裸の集団がジルに信仰を捧げていた姿であり、そんな狂信者達を全力で見ないようにしていた竜《ドラゴン》達だ。

偶然。そう、偶然信仰の儀の時間帯とかぶったが故に、生まれた悲劇。

（なんなんだ、半裸の集団は本当になんなんだ）

連中は竜《ドラゴン》を見ても動じることなく半裸のまま信仰を捧げ、竜《ドラゴン》達は半裸の集団に動揺させられる。

両者の力関係がおかしい。

（……なんだろうな。なんなんだろうな、この気持ちは）

凄く微妙な気持ちだと、ヘクターは思う。

少年の夢《ロマン》とも言えそうな竜《ドラゴン》のあんな姿、見たくなかった。

（まあこれも価値観ってやつなのかねえ。そういうのはややこしいからなあ。傭兵時代もカルト集団には手を焼いたもんだ。……いや、でもなあ）

半裸の集団を前にして内心でドン引きしているであろう主人を想い、ヘクターは人知れず息を吐いた。

§

「やはり、貴殿の竜《ドラゴン》は格が違うな？　伝説の竜《ドラゴン》――ファヴニールの子孫なだけはある」

その言葉を放ったジルの瞳から感じたものに、シリルは背中に嫌な汗が伝ったのを感じた。

ただの直感。少なくとも、現時点ではまだ直感の域を出ていない程度のもの。だがしかし、直感は案外侮れないということを、シリルはよく知っている。

故にこの直感の正体を探るため、深く考え込みたいところなのだが。

（あまり長時間黙っていては不審に思われてしまいますね）

それに何より、黙って考えるという行為は、それほどの集中力が必要な事態であると相手に教えてしまうようなものだ。そしてそれは、頭脳戦において相手を精神的優位に立たせる行動に等しい。

例えばボードゲームの最中にこれまで軽快に駒を打っていた人間が、いきなり手を止めて考えだしたら、対局相手と周囲にどう思われるかは明白。

それと同様に、会話の最中に押し黙るというのは周囲にも影響を与えるのだ。

ジルだけではなく、周囲の人間もシリルの分が悪いと認識してしまう状況を生むのはよろしくない。味方の士気に関わるし、相手国に余裕を持たせることにもなるからだ。

故にシリルは早々に思考を打ち切り、ジルに対して言葉を返した。

「ご存じでしたか。仰る通り、僕の相棒は伝説の竜《ドラゴン》の子孫にあたります。……本当に、よくご存じですね。我が国でも、知る人間は限られているというのに」

「歴史を漁るのは趣味の一環……と言えば、貴様なら分かるだろう？　とはいえ、その答えに辿り着くために必要な情報を集めるのには、それなりの情報網が必要故、我が国の情報網の優秀さあってのものだが」

「成る程。深くまで歴史を紐解けば、確かに辿り着けない訳ではありませんからね」

成る程、確かに「ファヴニールの子孫」の存在を示唆することは、情報網が優れているという事実のアピールにはうってつけだろう。事実、こちらの兵士達も先程以上に警戒心を持った様子でジルという男を見ている。有能さを示すには、非常に便利な切り口だ。

だが、

(初めて視線を交わした時にも思いましたが……)

だがこれは情報網が優れている《その程度の次元》なんて話ではないのだろう、とシリルは内心で苦い表情を浮かべる。狙ってやっているのかは不明だが、シリルが気になったのはそこではない。意識的であろうが無意識であろうが、恐ろしい点は別にあるのだ。

「【龍帝】殿は――」

「その通りですね。僕は――」

「先日の魔術大国の件ですが――」

「ふむ。あれは――」

「だがな【龍帝】殿――」

「成る程。貴方の言う通り――」

「そういう見方も――」

「悪くない。そして――」

「この世界は不完全な部分が――」

「僕もその点は――」

「あの国は――」

「ええ、僕としても――」

滞りなく、会談は進む。進む。そう、進む。進んでいる。

進み過ぎている。

(これは――)

やはりあの直感は間違いなかった、とシリルは内心で舌を打つ。

(これは、既知だ)

ジルという男は知っている。

文字通り、全てを知っているかのような言動がいくつも見受けられる。自分の思考を覗かれているような感覚。自分の未来の行動を直接見たことがあるのか？　とでも思わせるような言葉すら存在していた。

そしてそれらを、当然のように彼は口にしている。というより、過去のものとして口にしている。

言動ではなく、彼の目がそう語っている。

（あの目は、推測を語る者の目ではない。そうあって当然だろうという自信や傲慢さからくる目でもない。あれは、昨日の夕食について語る時のような目。つまり、彼の中で未来は過去のものと化している）

〝目は口ほどに物を言う〟という言葉の通り、ジルという男の目は、間違いなく既知の事実を述べているだけであると物語っていた。

（異常者の戯言と切り捨てるのは不可能。何故なら、正解しているからだ。僕が魔術大国の一件がなければ次に攻略しようとしていた国すらも、彼は遠回しに把握していると仄めかしている。仮に妄想による戯言だとしても、ここまでくればもはや本物だ）

あり得ない、とシリルは思う。

だがこれが現実である、と己の頭脳が導き出している。

（少し交える雑談にしても、僕のパーソナルデータを把握した上での会話としか思えない。これはもはや会話の誘導なんて次元ではない。そんな低次元のものではない。この状況は、偽神の既定路線に乗せられているだけ……）

まさか本当に、僕の全てを知っているとでもいうつもりか、とシリルは内心で冷や汗をかいた。

これはもはや、情報網が優れているなんて言葉で片付けて良い問題ではない。

今ある情報から未来を予測する程度であれば、問題なかった。それくらいならば、自分も可能だからだ。

だが、目の前の男は違う。未来さえも既知。それはもはや、予測なんてレベルを超えている。

（あり得ません。誰にも語っていない僕の行動原理すらも把握しているとしか思えない発言。こんな存在が、果たしてあり得るのか……？　国の危機的未来を予言するという逸話を持つ、かの国の〝聖女〟ですらここまでではないはずだ。あれはあくまでも限定的な未来予知に過ぎないもので――）

それともまさか、目の前の男は本当に神などというバカげた存在だとでもいうのか。そんな架空の存在が、今目の前に君臨しているとでも言うのか。比喩表現ではなく、実在する神なのだと。

（加えて視点や精神性も異様だ……まるであらゆるものを俯瞰しているような……王ならば確かに身につく視点ですが――格が違う。国どころではない。この男は世界……いや、世界の理《ことわり》すらも俯瞰している）

どうするべきか、とシリルは思考を巡らせた。

（……落ち着きましょう。彼が本当に神ならば、この世界の不完全さを説く必要はない。全知全能の神であるならば、人知れず世界の歪みを正すなんて事は造作もないはず。何より、こんな回りくどい策を講じる理由がない。全能を用いて、真正面から全てを粉砕すれば良いだけなのだから。本当に神であるかはさておき――少なくとも、全知全能の類ではない）

ならば付け入る隙はあるはずだ、とシリルはその目を細めた。

（情報アドバンテージは偽神《相手》の方が上）

相手が一方的にこちらのパーソナルデータを有しているのが現状だ。つまり、圧倒的不利。こんな状況下では、どれだけ思考を巡らせたところで勝ち目なんてあるはずがない。

（ならば）

ならば、その優位性を崩してしまえばいい。

今この瞬間に、こちらも相手のパーソナルデータを手に入れることができれば……状況を五分五分にまで立て直せるはずだ。

「ジル殿」

「どうした、シリル殿？」

笑みを浮かべて名前を呼ぶことで、強引に会話の主導権を手に入れる。強引な会話の切り替えは、自らの劣勢を間接的に認めるに等しい行為だが……構うものか。現状においてどちらが優勢で、どちらが劣勢なのかが分からない程、向こうは鈍くない。

ならばもう、勝利の可能性を手繰り寄せるべく賭けに出ることこそが——この場においての最適解。

「貴方と友好を深める事ができればと、僕はお気に入りのボードゲームを持ってきたんですよ」

「ほう」


嘘だ。

正確には、相手の頭脳や価値観、行動パターンを分析するために用意した玩具。友好を深めるためだなんて綺麗な理由で、持ち込んだものではなかった。

そもそも、別にボードゲームなんて好きでもなんでもない。確かに最初は興味を抱いていたが——人類最高峰の頭脳を有するシリルにとっては、もはや駒を動かすだけの作業に成り下がったからだ。

だから、ジルに語った言葉は全て嘘。気が変わったなんてこともなく、当初の目的通りの使用方法でしかない。

(尤も、こんな劣勢下で提案する事になるとは夢にも思いませんでしたが)

なんなら使う必要なんてないだろう、とすら思っていた。

だが、そうも言っていられないらしい。

「どうでしょうか」

目の前の男に、武力を用いての戦闘を挑むなんてのは言語道断。かといってこのまま舌戦を続けたところで、何も得ることのない敗走は必至。


だが、ボードゲームならばどうだ？


情報格差のないボードゲームであれば、五分五分に持ち込める。いやむしろ、このボードゲームで遊び慣れているこちらが有利である可能性が高い。

(そして何より、ゲームを通じて偽神への理解が深められる)

勝負事には、プレイヤーの性格が大きく出てくるものだ。極端な例になるが、負けた時にみっともなく叫ぶ人間を見れば大体の人間が「ああ、こういう人柄ね」と察することができるだろう。勝ち負けに対する反応一つだけを切り取っても、分析可能なものはある。

(仮に偽神が性格を偽るような行動をしたとしても、試行回数を重ねれば見えてくるものはある)

故に、シリルは動いた。

専門分野だとかはともかく、相手の頭脳が優秀なことだけはゲームをするまでもなく把握済み。ならばそれ以外のことを、このゲームを通して把握してやろう。

「休憩がてら、少し興じませんか?」

ゲームの盤面で、ジルという男のパーソナルデータを調べ尽くしてやる。そんな意気込みのもと、シリルは内心で炎を灯しながら準備を始めた。

——一瞬だけ冷笑を深めたジルの顔に、気づくことなく。

§

「私との友好を深めたい、か」

「ええ。国だけでなく、我々自身も仲良くできればと」

シリルが取り出したボードゲーム。それは完全に、将棋のようなものだった。

（アニメで見ていたから知ってはいたが、異世界とは？　みたいな気持ちを抱いてしまうな）

とはいえ前世においても将棋と似たゲームは古今東西あらゆる国地域時代で存在していた。チェスなんかはその代表例と言えるだろう。故に異世界といえど、将棋と似たようなボードゲームが生み出されるのは決しておかしくはない。おかしくはないのだが……なんかこう、こう。

（まあこの辺は気にしても仕方あるまい。異世界らしさなんぞ、寿司が提供された時点で求めるものではないだろう）

思考を元に戻す。

ここに来てボードゲームを提案してきたのは言葉の通り俺《ジル》との友好を深めたいから――などという理由ではなく、ほぼ間違いなくゲームを通して俺《ジル》の性格等を把握しようという魂胆によるものだろう。

実際、ボードゲームはプレイヤーの性格等を映す鏡として機能する。どういう思考をしているのかだったり、意思決定の判断基準は何かだったり、慎重な性格か攻撃的な性格かが分かったりする……とでも言えば分かりやすいだろうか。相手との心理的駆け引きが生じる類のボードゲームであれば、尚更だ。

（将棋は会話……だったか）

相手は【龍帝】シリル。

人類最高峰の頭脳の持ち主であり、確かな分析力を有する男だ。

それは即ち、ボードゲームを通して、俺の正体に辿り着く可能性が十分あるということ。ジルの仮面を剥がされる危険性が、生じるということだ。

（確かにお前にとって、もはや舌戦は無意味だろう。故にボードゲームを利用して、こちらの情報を手に入れようとするのは当然の流れだ）

何せ今は、俺だけが相手のことを知っているという一方的な状況だからな。少しでも俺に対する理解を深めることで活路を見出し、形勢逆転を狙おうとするのは至極当然のこと。

この状況から逆転を狙うには、賭けの要素を孕んでいるとしても攻勢に出るしかない。

サッカーや野球でいくら敵の攻撃を無失点に抑えたところで、点を取らなければ絶対に勝てないのと似たようなものだ。勝利を得るためには、必ずどこかで攻勢に出る必要がある。

そして今回の場合、その攻勢に該当するものこそがボードゲーム。

逆に言えば、それほど追い詰められていることを自白しているに等しい行為でもあるのだが、良い手ではある。既に丸裸も同然の【龍帝】がボードゲームを通して失う情報はないに等しく、俺から一方的に情報を掴めるかもしれないからだ。

だが、

（だがな【龍帝】。流石にお前の全てとは言わんが、それでも俺はアニメで得た範囲ではお前のことを知り尽くしているんだ）

アニメで【龍帝】が、つまらなそうな表情を浮かべてボードゲームに興じていたシーンを脳裏に浮かべる。

（お前がアニメで見せた姿から派生し得る全ての行動パターン程度、想定していない訳がないんだよ）

俺は事前に、あらゆる可能性を想定してから行動を起こす。故に、原作知識は最大限活用する方針だ。

勿論原作知識を過信し過ぎるのは良くないが……【龍帝】は大陸の支配を目論んでおり、優れた頭脳を武器とする青年だ。将棋のような戦略型ボードゲームに興味を抱くのは自然であり、それをこの場に持ち出してくる可能性は高く見積もるに値する。

まあつまり、何が言いたいかと言うとだ。

（お前がボードゲームを持ち出してくるパターンを、俺は当然ながら考えていた。であればその対抗策を練っておくのもまた、当然のこと）

お前がボードゲームを通じて俺の情報を得ようと考えるならば、俺は入念に準備していた戦術だけを只管《ひたすら》取り続けよう。ジルの人格に相応しい戦術だけを、俺は徹底的に使う。俺本来の性格や思考なんぞ、一ミリたりとも見せてやるものかよ。

（こんなものは、適性検査対策と同じだ。似たような盤面に対しては、一貫した対応を続けるだけ。完璧に自分を偽り続けるだけだ）

俺はお前とのボードゲームに興じるためだけに、この世界に存在するありとあらゆるボードゲームを調べ尽くした。ジルの人格や価値観に沿った戦術を、いくつも組み上げてきたのだ。

故にお前がボードゲームを通して分かるのは、表面上で取り繕っているジルの性格と思考だけ。その奥底に潜む俺自身については、一切読み取ることができないだろう。

（とはいえ、戦局がある程度進めば性格なんて関係なく立ち回る場面も出てくるんだがな。仮に王手されてるのに「ジルなら王手なんて知らん。相手を直接叩き潰せば勝利だ。俺がナンバーワン」みたいな理由で【龍帝】本人をぶん殴って失神させたとしても、ボードゲームで負けていたら意味が分からんし）

　まあその辺は臨機応変に対応していくとしよう。

　盤面に表れる性格や思考を読まれるという前提で、〝俺ではなく、俺《ジル》ならばこう打つという立ち回り方〟をベースにしていれば、それで良い。

（【龍帝】。俺はお前を相手に、一切の油断も慢心もしない。大陸の人間に限れば【人類最強】の次に……いやある意味では【人類最強】以上に、俺はお前を警戒しているのだから）

　お前は知らないだろう。色んな意味で察しが良い連中の目から逃れながら、何日も一人で駒を打ち続ける苦労を。何百人ものイマジナリーフレンドと対局する虚しさを。疲れを癒すために月明かりを浴びようと外に出たら、半裸の集団を前にした時の心身的な疲弊と絶望を。

（本当に、苦労した。苦労したが、だからこそ完璧に成し遂げられた。……シリル。俺自身は大したことない存在だがな、ジルはそうじゃないんだよ）

　前世の俺には不可能な作業だったが、しかしこの肉体は【龍帝】と同じく人類最高峰の頭脳を有する怪物。ならばこの程度の作業が不可能などという道理はなく、不可能でないならば俺は決して諦めない。

（ではやろうか【龍帝】。確かに俺が見据えるのは超常の存在たる神々だ。だがしかし、それはお前を軽んじる理由にはならない。余裕を取り繕いながら全力で、お前の相手をしよう。俺は決して、お

前にこの仮面《ジルの》を破らせない）

§

酷薄な笑みを浮かべると共に、ジルが歪な空気を放つ。それを受けたシリルは、全身の肌が粟立《あわだ》つのを感じた。

「くく……」

「然様か。この私と友好を深めたいと、そう申すか。くくっ……」

愉しそうに、ジルは嗤う。細めた目をギラギラと輝かせながら、彼はこちらの奥底まで見抜くような視線をよこしてきた。

「貴様の真意は他にあるのだろうが……良いぞ。この私を相手に頭脳で競わんとする者は中々に新鮮だ。これが我が知力を試そうなどという不敬ならば極刑に処すところだが——貴様の策に乗ってやろう。その上で、真正面から全て打ち砕いてくれる。存分に、人類最高峰の頭脳とやらを振るうが良い」

——気づかれている。

ジルの言葉に、シリルは思わず内心で歯噛みする。

当然と言えば当然だが、「友好を深めたい」という言葉を額面通りに受け取ってくれるほど優しい手合いではないらしい。シリルがボードゲームを持ち出してきた意味を、その理由を、彼は察している。

だが、

（っ！　落ち着きましょう。僕の策は、二段構えです。何より既に状況は動いている。今更ゲームをやめるなんて、それこそ意味がない！）

自分に言い聞かせながら、シリルは駒を並べていく。そして駒を並び終える頃には、ある程度心も落ち着いていた。

「くく、では始めるとしようか？」

「はい。ですがその前に、先手と後手を決めましょう。先手後手を決めるための方法はありますが……僕が事前に仕組んでいたなんて思われるのは癪《しゃく》です。ここはそうですね……ジルが先手で構いませんよ？」

「ふん。興醒めさせるなよ、小僧。そのようなハンデを、私が望むと思うな」

「ふふ、失礼。ですが、僕も同意見です。なのでここは……平等に、じゃんけんで決めましょうか。勝った方が先手とでもしておきましょう？」

「良いだろう」

シリルの提案を了承し、頷くジル。

このじゃんけんには後出しじゃんけんを行使するか、先読みをするか、全てを取り払い真の意味で運任せにするか……そういった複数の選択肢が存在している。

そしてそのいずれを選ぶかによって、正々堂々を好む性格なのかといった行動パターンを測れるという心理的駆け引きが内包されているのだが——両者共に、完全な運任せを選択していた。

「私からか」

「ええ。どうぞ、お好きなように」

そして、先手後手が決まる。

ジルが駒に手を伸ばし、その様子をシリルが睨んだ。

(最初の数手で、基礎とする戦術を理解し合えるのがこのゲームの特徴。さあ、偽神はどういった戦術を好む？　どういった駆け引きを得意とする？　どういった戦術眼を有している？　定石を好むのか、好まないのか。あるいは——盤面上で己を、偽るのか)

パチン、と駒を打つ音が静謐な空間に響いた。

それに反応し、すぐさまシリルが駒を返す。

このゲームにおいて、初手は挨拶に近い。

『僕は貴方のことを潰す戦略です』

『真っ向から迎え撃ちます』

例えるならば、こんな具合だろうか。

故に、本格的なゲームは三手目以降から始まるといっても過言ではないだろう。

「では始めるとするか、シリル殿」

「ええ。よろしくお願いしますよ、ジル殿」

斯《か》くしてゲームの幕は上がり――その瞬間、室内を極度の緊張感が満たした。

それはシリルとジルの集中力から漏れた気迫が、この場に齎《もたら》した余波に過ぎない。

にも拘らず戦場にも勝る重たい空気が室内を蹂躙し、二人とそれ以外を完全に分かつ。

ステラとセオドア、そしてシリルの配下達の額には汗が浮かび上がり、中にはよろめく者さえいた。

（……やっぱいいね、これ）

その光景と盤面を見て、ステラは内心でそう零した。

ステラ自身、魔術大国で似たようなゲーム――魔術的処理が施されているので、かなり勝手が違うが――に興じたこともあり、ある程度盤面を読めるから、分かる。

この二人は完全に、格が違う。

（どっちにも勝てる気がしないや。詰んでいるという自覚もないままに、いつの間にか負けていそう）

何より、思考速度が異常だ。

（ボクだったらどう打つかを考えていたら、その間にもう盤面が全く違うものになってるんだけど。

変化が早すぎるでしょ。……どうなってるんだろう、この二人の頭の中って）

分野こそ違えど魔術師だって分析力に長けてるはずなんだけどなあ……とステラは乾いた笑みを浮かべた。

されど二人の怪物はまるで気にする様子もなく、軽快に駒を打っていく。そこに長考なんてものは存在せず、盤面は高速で移り変わっていった。

「即断即決ですね」

「盤面が全てを物語っている以上、思考する意味など存在せん。見れば分かるのだからな」

「これは失礼。てっきり持ち時間を気にして、焦っているのかと」

持ち時間とは所謂《いわゆる》、制限時間のことだ。

今回の場合、持ち時間を使い切った時点で敗北が確定というルールが設けられている。そのため、持ち時間を使い切る前に決着をつけねばならない。

「面白い事を言う。持ち時間？　そのようなもの、あってもなくても変わらん。それが0を刻む事などあり得ぬが故に、な。持ち時間を気にする……などという発想が生じる時点で、貴様の底が知れたも同然よ」

「僕の言葉を真と捉えるのも、似たようなものでしょう？　思い当たる節があるからこそ、本気で言葉を返してしまう」

「くくっ。減らぬ口だ。その虚勢、どこまで続く？」

「残念ながらどこまでも続きますよ。これは虚勢ではなく、余裕があるが故の暇潰しですから」

互いに挑発を交えて軽口を叩くが、しかしどちらも決して相手を下に見ている訳ではない。

むしろ、その逆。

ジルの仮面だとかそういうことは関係なく——心の底から、ジルは純粋にそう思っていた。

（……成る程、強いな）

これが人類最高峰の頭脳の持ち主か、と。

（確かに俺は本物のジルではなく、それ故にジルのスペックを十全に使えているとは言い難い。だがそれでも、ジルの頭脳が使える俺を相手にボードゲームでここまで……。ジルの頭脳を使っているからこそ、シリルの異常性がよく分かる。こいつは間違いなく、怪物だ）

クロエの特級魔術を見た時と似たような感覚を、ジルは抱いていた。

何せ「適当に打ったのではないか？」と思わず錯覚してしまうような一手がその実、狡猾にこちらの首を刈り取る死神であるということが、目の前で何度も起きているのだから。

紛れもなく、目の前の青年はクロエと同じ人類の頂点に位置する傑物であると、盤面を見ながらジルは思う。

一手でも誤れば敗北する——なんて生温い次元ではない。一度でも最善以外の選択肢を取れば、敗北する。それが、シリルとジルの対局である。

（性格を偽るのは大前提だが……しかしそれはそれとして、無様に負ける訳にもいかん）

もしも無様な敗北を晒せば、シリルが全てを掌握してくるかもしれない。そう警戒するが故に、ジルはそのどちらにも本気で注力する。

（今のところ、問題はない。このまま続けるとしよう）

問題なく策は機能している。なればこそ、慎重に事を進めていこう。

表向きは余裕の表情を貼り付けながらも、ジルは神経を研ぎ澄ませていった。


（……強いですね。というより、あまりにも強すぎる）

同じくして、シリルも内心でジルを称賛していた。

これまで数多くの人間と対局してきたが、確信を持って言える。シリルが相見《あいまみ》えた対局者の中で、最強の難敵であると。退屈で仕方がなかったボードゲームに、楽しみを見出してしまっていると。

（先読みが通じ、だからこそ通じない。奇妙な感覚ですね）

互いに、遥か先を見通しながら駒を打てるが故に、一周回って数手先への対応になってしまう。事前に先の盤面を潰し合ってから駒を打つが故に、目先の攻防へと転じてしまうのだ。

こんなことは初めてだ、とシリルは珍しく高揚感を抱いていた。

このゲームの主目的は勝敗を決することではないはずなのに、思わず勝つことに全ての意識を集中させたくなるほどに。

（！　妙手ですね）

ジルの打った手を見て、一瞬だけ手を止めそうになるシリル。

だがそれも、本当の本当に一瞬の逡巡《しゅんじゅん》でしかない。ジル以外には、全く読み取れない刹那の葛藤。

すぐさま返しの手を決め、駒を打つ。
その後も応酬に応酬を重ね——ほんの一瞬だが、ジルの空気に揺らぎが生じる。

（……見事だ。俺の予測をずらしたか）

間一髪のタイミングで、ジルはシリルの打った手の真意を掴めた。

シリルの駒を奪《と》ろうとしていた手を切り替え、放置を選択する。

（そしてここは……こうだな）

予定からズレた一手となったが、ジルの性格上、決しておかしくはない手を打つ。続くシリルの手を見守りながら、ジルは思考を巡らせる。

（これで優位は一時的にシリルに渡ることになる、か）

互いに相手の動きを予測しながら、その相手の予測を上回る手を考えて打ち出す。

まさに一進一退の攻防。そんな状況で相手を上回り勝利を得るには、相手が予測し終える前に駒を打ち出すのが最善策といっても過言ではない。

加えて制限時間というルールがある以上、長考など愚の骨頂であると誰もが考える。そんな局面。

（シリル。お前はこれにどう対処する？）

だがそんな局面においてーージルは今この瞬間、初めて十秒もの思考の末に一手を繰り出した。

（これは……）

ピタリ、とシリルの手が止まった。

盤面がこちら側の優位に移ったこと、そしてジルの思考時間が増え始めたことから、ジルの予測を超えることができたと確信を抱いて――今この瞬間、シリルは完全にそれを覆されたと驚嘆する。

（あの一連の流れは、全てこちらを完全に潰す一手を考えるための……）

先程のジル以上に、長い時間が経過する。

ジルの一手は、常人であれば投了を選択してもおかしくないもの。

それこそ盤面を見ていたステラなんかは「めちゃくちゃ意味分かんなかったけど、これはジル少年の勝ちかな」と予測を立てていた。

だが、シリルの頭脳は常人を遥かに凌駕する。

（まだ勝敗が決した訳ではない）

人類最高峰の頭脳を有する傑物にして、大陸最強格の一角。それが【龍帝】シリル。

故に彼は、その実力をもって追い込まれた局面を五分五分に引き戻す。

それを見たジルの口角が吊り上がり、同じくしてシリルも歪んだ笑みを浮かべていた。

「足掻くか、小癪な」

「勝負はまだまだこれからでしょう?」

「不遜極まるが……許そう。一時は私を上回り、更には劣勢から五分まで持ち込んだ。私は貴様を
――敵と認めよう」

最初の焼き直しのように、駒が盤面を舞う。

どちらも一歩も譲らぬ攻防は、もはや芸術の域に達している。

(偽神。貴方は強い。戦略的価値や実力は僕を上回り、頭脳でも僕に匹敵する)

まさしく反則級の存在だ、とシリルは断言する。

パーソナルデータの取得はできていないが、頭脳面に関しては正確に測ることができた。

そこから算出できるデータは、正直言って絶望的と言うしかない。

言うしかないが――

(しかし同時に、分かった事もありますよ。……偽神。貴方は決して、出し抜けない存在でもない)

盤面は拮抗している。

それは確かに恐ろしい。何せ、頭脳を最大の武器とするこの身に匹敵する頭脳の持ち主であると、
如実に示しているのだから。

だがそれは裏を返せば、ジルの頭脳が理解不能な次元に位置する訳ではないことが確定したとも言える。やはり、真の意味でこちらの全てを見通せる訳ではないのだ。

未来を知っているかのような言動にも、何かしらのロジックやカラクリがあったのだろう。決して、偽神は全知の存在ではない。

勿論、実は加減をされているだけという可能性もある。

だが加減をする理由がこちらを侮っているからならば付け入る隙があることを意味しているし、なんらかの策の一環で加減しているならばそれはそれで偽神が完全無欠ではないことを意味している。完全無欠ならば、策を弄する必要はないのだから。つまり、そこはあまり問題視しなくて良い。

故に、

(僕にもまだ、逆転の目はある。故にこの場を通じて偽神のパーソナルデータを取得し——活路を見出してみせましょう)

駒を打ちながら、シリルはジルの様子を観察する。

(とはいえ正直……彼を相手に、戦術から趣向を読み取るのは困難)

何故なら、ジルは気づいているからだ。自分が友好を深めるためにボードゲームを持ち出したのではなく、ボードゲームを通して彼のデータを得ようとしていることに。

(凡人や秀才、少し優れた人間程度であれば、入念すぎる準備でもしない限り、ついさっき僕の真意に気づいたところで、この場で僕相手に誤魔化すのは不可能でしょうが……)

目の前の男であれば即興で自らを偽り、シリルを騙すことなど造作もないだろう。それだけの頭脳を有していると、シリルはジルを高く評価している。

——ああそうだ。盤上に表れる性格を偽るなど、目の前の男であれば容易くこなしてみせるはず。

自身に絶対の自信を持ち、それを隠すことなく尊大な態度を取っている彼が、自らを偽るような真似をするかどうかは別として。

（重要なのは、彼がそれを可能とする能力を有しているという事実。その時点で、僕は常に二者択一を強いられてしまう）

相手の一手ごとに、「これは彼本人の性格を示しているものなのか。それとも、性格を偽って打った一手なのか」を読み解く。自分と同格の頭脳の持ち主相手に、それは困難極まる。不可能とは言わないが、運の要素が絡んでしまう以上、あまり得策とは言えない。

つまり、無駄なのだ。盤上に表れる性格を偽っている可能性がある時点で、そこから対局相手を読み取ろうとするなんて真似は。

――だが、それ以外からであれば？

（僕の真意。彼のパーソナルデータを取得する策略の本命は、別の場所にありますからね）

ボードゲームに集中するということは、それ以外のあらゆる行動に素の姿が露出する可能性が膨れ上がるということ。

例えば、紅茶を飲む際の仕草。ボードゲームに集中しているが故にか、先程までの所作とは少し違う。圧倒的なカリスマ性を纏っているため分かりづらいが――少なくともその姿は、王族や貴族のそれではない。

（会話をしているだけであれば、マナーにも意識を割けたでしょう。ですが、今は違う。マルチタスクといえど限度はある。体に染みついた動きが、絶対に出てくる）

無意識の何気ない仕草や発言を分析していけば、相手の情報を掴み取ることは容易い。

（おそらく彼は、王族としてのマナー教育を体に染みつくまでは受けていませんね。いやもしかすると、そもそも受けていないのかもしれません。この国はどれだけ調べても不気味なくらいに情報が出てこない……非常に閉鎖的な国だ。そんな国が、突然外交を始める……つまり、政治方針の急転換が発生している。もしかすると彼の出自は、下剋上でも起こして王に成り上がった人物の二代目や三代目なのかもしれませんね）

他国との交流を想定していなかったとすれば、マナーを覚える機会なんてそうそうないだろう。そうでなくとも、元々が平民の一族だとすれば尚更。

自分との会談を前にして、ごく最近マナーを身につけた可能性は普通に考えられる。

（ボードゲームから取得できるデータなんて極論どうでも良い。僕はボードゲームという分かりやすいものを囮にして、貴方の性格をボードゲーム以外の面から導き出す）

勝負事に集中するということは、即ちそういうことだ。

偽りの性格を演じる手を打つことに徹すれば、盤面に表れる性格を誤魔化すことはできるだろう。ボードゲームに関連することであれば、ボードゲームに対する集中力の一環で取り繕えるだろう。

だが、それ以外の面についてはその限りではない。ボードゲームで己を偽ることに集中すればするほど、それ以外が疎かになる。ボードゲーム以外の面であれば、ジルという人間の情報が露出する場面は必ず出てくる。

そう、必ずだ。

（先程の僕に対する「小僧」という発言に注目しても、ジルという人間の特異性はなんとなく察せられます）

例えば、見た目通りの年齢ではない〝何か〟がある可能性とか。

少し振り返っただけでも、見えてくるものはある。

ならば対局中の情報を収集していけば、いずれは掌握できる。

（ゲームもいよいよ終盤戦。つまりここが、正念場……！）

一瞬も見逃さず、余すところなく全てを観察する。

盤面に表れる性格や価値観。言動。表情。纏う空気。ボードゲーム以外での動作。それら全てを、勝利を求めながら追っていく。

同時、ボードゲームに集中することも忘れない。

シリル個人としては本気で戦い、負けたくないという気持ちも……ホンモノだからだ。

常人であれば脳が焼き切れる次元の情報処理。シリルはそれを、誰にも悟られることなく静かにこなす。

そして——

「時間切れのようだな」

「……そのようですね」

持ち時間が二秒を切ると同時、シリルは駒を動かした。

十分に良い一手ではあるが、しかし二人の対局においては最善とは言えない一手。

それを確認したジルが、右手を前に突き出した。

「久方ぶりに心が躍ったぞ。――誇れ。貴様は間違いなく、得難い存在であった」

ジルが最後の一手を打ち、それを見たシリルが投了を選択する。

人類最高峰の頭脳の持ち主同士の決戦は――ジルの勝利で幕を下ろした。

§

ボードゲームで人生初の敗北を喫したシリルだが、しかしその目は死んでいない。

悔しさはある。

余計なものを挟まずに、雌雄を決したかったという思いもあった。

だが、それを理由に立ち止まる訳にはいかない。

(対局では負けましたが……目的は果たせましたよ)

盤面に目を遣りながら、彼は高速で脳を回転させる。

思い返すのは、対局中に交わしたジルとの会話。

『この私を相手に頭脳で競わんとする者は中々に新鮮だ。これが我が知力を試そうなどという不敬ならば極刑に処すところだが――貴様の策に乗ってやろう。その上で、真正面から全て打ち砕いてくれる。存分に、人類最高峰の頭脳とやらを振るうが良い』

自らに絶対的な自信を有し、プライドの高い性格。

『不遜極まるが……許そう。一時は私を上回り、更には劣勢から五分まで持ち込んだ。私は貴様を――敵と認めよう』

だがそれはそれとして、相手の強さを認める一種の潔さを持ち合わせていて、強者との戦闘を好む気質も垣間見えた。

他にも様々な情報が、シリルの頭脳にインプットされている。

記憶を掘り返し、分析。

リアルタイムでは記憶するだけに留めていた――その分ボードゲームにリソースを割いていた――部分を精査し、仮説と検証を繰り返していく。

そして、そして……そして。

（……掴みましたよ）

内心で、シリルは口元に弧を描いた。

（こういう手合いには……）

即座に、彼はこの国を手に入れるための算段を整えていく。

元より目的はそこにしかなく、ボードゲームもその他諸々も、全てはそのための手段でしかない。

（自らを絶対視するプライドの高さと、敗北は敗北と認める潔さ。これらは一見両立し得ないものですが——独自の美学を有しているならば話は変わる）

おそらく、自らの敗北を認めず喚くのは醜いと考えるタイプの人間なのだろう。誇りや面子《メンツ》といったものを大事にする、と言い換えても良い。

ならば敗北を認めさせることができれば、彼は素直に自分に下ってくれるはずだ。それこそ、戦争で敗北なんてすれば大人しく従うだろう。

（ですが、彼本人を戦場に立たせてはいけない）

しかしこの仮定には、致命的すぎる問題点がある。

それは単純に、ジルという男のスペックが高すぎる点だ。頭脳で渡り合えるのは自分しかおらず、戦闘面に至っては格上。

故に敗北を認めさせるとしても、どうあっても戦争という手段だけは避けなければならない。

（戦争という手段を用いず、なおかつ彼の国を僕の国の属国的な立ち位置に配置する方法……それを

模索する必要がありますね）

一瞬だけボードゲームが脳裏をよぎり、すぐに棄却する。

（既に、僕は負けている。勝ったとしても、リベンジマッチにしかなりません）

かといって、仮に先程のボードゲームで勝っていてもあまり意味はなかった、とシリルは首を横に振る。

確かに、互いに本気の勝負であった点に嘘偽りはない。あれに勝利していれば、ジルの空気に一定の変化を起こせただろう。

だが、それだけだ。

先の対局はどこまでいっても、名目上はジルとシリルの個人的友好を深めるためのものでしかない。その勝敗を利用して、国家単位にまで話のスケールを上げるのは些《いささ》かおかしい。というより、意味不明すぎる。

友好を盾に国を奪るなんてのはいくらなんで――

（……友好？）

カチリ、とシリルの中でパズルのピースがハマった。

（同盟を結んだ証という名目のもと、互いの兵を競わせる友好試合のようなものを実施するのはどうでしょう……。時期的にもちょうど、我が国で御前試合を開催する日と近い）

確か友好国同士の外交の一環として、何かを競う催しを行ったという歴史がどこかの国であったはず。それと似たようなことを、自分達も行えば良いのではないだろうか。

ジルという男はファヴニールの件からして歴史に対する理解も深そうであるし、何より自信家な性格のため、挑発気味に勝負事を持ち込めば間違いなく乗ってくる。

（偽神は強いですが、彼の有する戦力はさほど強くない。注意すべきは精々、そこに立っている水色の髪の少女くらいでしょう）

勿論非殺は絶対条件。更には「御前試合」という名目を盾にすることで、最強の鬼札たるジル自身が勝負の土俵に上がってくる道を封じられる。「御前試合」はあくまでも、王や重鎮が見るための催しであって、王自らが出るような催しではないからだ。

（そしてその友好試合で僕達が勝利すれば、敗北した彼は必然的にある程度下手《したて》に出ざるを得ない）

勿論、別に下手《したて》に出なければならないなんて決まりはない。

何故なら、あくまでこれはプライドの問題だからだ。友好が名目である以上、厳密にはどちらが上かを競うものではないのである。

（プライドが高いが故に、この話には乗るでしょう。敗北すれば敗北を認める性格であるが故に、激昂して暴れられる心配もない。そして面子を大事にするからこそ……強気な態度に多少の変化が起きる）

これはあくまでも、ジルという男の性格に依存した作戦に過ぎない。仮にジルの性格が異なれば、シリルは別の作戦を立てる必要があっただろう。

（認めましょう。この国を、今すぐ僕の手に収める事は不可能。ですが来たる未来のため、先手を打たせていただきます。一先ず僕の大陸支配の邪魔をさせない状態に持ち込めたら上々、としておきま

しょう）

そうと決まれば、早速交渉開始だ。

自分の策を即行でまとめあげて、シリルはその口を開いた。

§

会談は終わり、シリル達は帰国した。彼からの提案により、ドラコ帝国で後日行われる御前試合にて、バベルとドラコ帝国の友好試合を執り行うことが決まった訳だが――

「……くく」

ああ本当に、本当に楽しい。

（――【龍帝】。お前は賢い。賢いからこそ、今取れる手段の中で最上の手段を無事に選択した）

シリルの目的上、俺を放置する訳にはいかず、されどジルを相手に実力行使で属国にすることも不可能。

であれば同盟なり友好関係なりを結んでおくというのは、数少ない着地点の一つである。そして同盟とは名ばかりで、実質的には優位な立場でいたいと考えるならば〝ジルに敗北を認めさせる〟という道は避けて通れない。

（そう思考が至った時、次にシリルが考えるのはどのような勝負なら勝てるかという点）

シリルがバベルを見て回って分かるのは、圧倒的な人材不足。それは案内係に研究者然としたセオドアを使ったり、明らかに強者であるステラを従者として使ったりしている点でも明らか。

――そう思わせるためだけに、俺はそういう配置で【レーグル】を動かしたのだから。

ヘクターとキーランという世界有数の強者《強力な手札》は伏せた。キーランが教育した俺の従者達に関しても、今日は暇を与えてステラに代役を任せた。

そして国の兵士達の実力や練度はとてもじゃないが大国の兵士と競わせるには分が悪く、民衆は半裸。

（……半裸の信仰に関しては早急になんとかせねばならないな。新たな啓示ということにして、別の信仰の形を伝えよう）

明らかに人材不足の国である以上、突出した強者であるジルを出させることなく、戦争紛いの勝負事に持ち込めば勝てる。それは確かに、当然の理屈だ。

――そういう結論を出させるために、俺は色々と仕込んでやったのだからな。

「【龍帝】の性格は知っていた。奴は単純な強さ以上に、その狡猾さとジルにも匹敵する頭脳こそが真価であるとな」

酷薄な笑みを浮かべながら、俺は窓から漏れる月明かりに視線を送る。

「あの男であれば俺が演じるジルの性格を見抜き、なおかつそれに対応した戦略を練るはずだと確信していた。内心まで悟られれば問題だったが――」

ジルのキャラ像を崩さない範囲で、ある程度シリルが俺の思う通り動くような性格を大袈裟に演じた。

シリルはおそらく、ジルに対して『プライドが高く自信家だが、自らの敗北は認める寛容な心の持ち主』なんて評価を下したはず。

それだけじゃない。

（全て、全て仕込んできた）

会話から未来を知っている怪物ではないかと恐怖し、しかしボードゲームを通してそんなことはないという光明が見える。

それはシリルにとって、地獄の底に垂らされた蜘蛛の糸に等しいものだ。必然、その糸に縋りつくため視野は狭まり――俺の目論見通り、お前はそこに走った。お前がお前自身の発想で思いついたと錯覚した計略は、俺が懇切丁寧に用意してやったものであると気づかずに。

（【龍帝】。お前の選択は間違いじゃない）

俺だって、お前と同じ立場状況であれば同じ選択をする。選んでしまう。

何故ならシリルが得た情報から決める行動としては、間違いなくそれが最適解だからだ。

「さて、小国と大国の御前試合。この結末が火を見るより明らかな競技で、番狂わせのように小国が勝利すれば？」

お前が聡明で助かった。

お前が聡明だからこそ、俺の下準備は無駄にならなかった。

お前が聡明だからこそ、俺の予定通りに事が動いてくれた。

「【龍帝】が勝負に出ない以上、俺が勝負に出る必要もない。つまり、俺《ジル》という大陸【龍帝】最強格をも凌駕する突出した実力者がバベルにいる事実を他国に伏せつつも、大陸最強格を除けば大国にも匹敵する戦力を保有していると周囲に認識させることができる」

俺の目的は天下統一。

そのためには、多くの国に上手い具合に実力を認識させる必要がある。

そして俺《ジル》の威光を周辺諸国に示すのに、大国に匹敵する戦力を保有しているという事実は十分すぎるアピールポイントとして機能するだろう。それこそ、その辺の小国であれば無条件に俺の国《バベル》の属国に下るかもしれない程度には。

「天下統一。その足掛かりとして、精々利用させてもらうぞ。【龍帝】」

何より、【龍帝】自身が一番認めざるを得まい。

お前の国では、俺の国には勝てないとな。

§

——同時刻、教会。

「お兄様がドラコ帝国とやらと御前試合を行うそうよ。戦力を伏せていた辺り、上手く釣ったようね。
・・・・お兄様だけならば真正面からでも勝てる相手にも拘わらず、慎重に行動して油断を誘い、驕った相手を崩す……素敵だわ」

「ですね。それでは、私は準備をして参ります」

「……？　なんの？」

「？　ドラコ帝国とやらと御前試合を行うのでしょう？　ジル様に仕える者として、全力を尽くす所存です」

「ああ、違いねえ。神が油断せずに向き合う相手ってこたあ、俺達の出番だ。【熾天】は勿論、戦闘員は全員出撃準備に入らねえとな。ダニエルは既に、教会の全戦闘員に強化をかけに行ってるぜ。いつでもやれるさ。な、ソフィア」

「ええ。仮に大陸全てを敵に回したとしても、一切の損傷なく戦果をあげる気概で臨みましょう。確かに大陸の環境下では真の実力を出せませんが、それでも――」

「ああ……神のために、全てを薙ぎ倒してやるぜ」

「過剰戦力って言葉知ってる？」

戦意を高めて気迫を滾らせる二人の姿を脳裏に浮かべながら、グレイシーは頭を抱えた。

§

「結構人が多い……つか、他国の人間が多い気がするな」

「ドラコ帝国の民は勿論、他国の人間にとっても御前試合は重要な催しだ。【龍帝】の目に留まりさえすれば、一気に地位向上が見込めるのだからな」

「小国に仕えるより、大国に仕える方が待遇も良さそうってやつか」

「然り。向上心がある者の多くは、この国に赴くだろう」

「活気がすごいし、みんな笑顔だねえ」

「商人も多いな。成る程、栄えているようだ」

ドラコ帝国。

元々は竜《ドラゴン》と共に暮らす民族——竜使《りゅうし》族が起源とされているこの国は、時代の流れと共に多くの小国や文明、宗教を呑み込むことで現在は大国として名を馳せるに至っている。

言うなれば多民族国家のようなものだが……竜《ドラゴン》という人間を超越した生物を操る民族が各国に侵略して、支配下に置いたと言えばどういう国なのかはお察しであろう。ある意味では全盛期と言える時代は、それはもうひどかったらしい。

まあ、この辺は前世でも似たような歴史がある。俺はそこまで詳しくないので正しいか分からないが、アレクサンドロス大王のマケドニア王国なんかは有名所だったのではないだろうか。こっちの世界ではファンタジー要素やら何やらが含まれているので完全に一致するとは言わないが、それでも歴史の流れとしては酷似していそうだ。

当時のドラコ帝国において、頂点たる【龍帝】を筆頭に竜使族達は栄華を極めていた。同時に、それ以外の人々の人権はないに等しかった。

差別は当たり前。奴隷制度も当然のように存在し、使い物にならない人間は竜《ドラゴン》の餌になることさえあったらしい。

だが、現代においてそのような蛮行は存在しない。

それでは国が長く続かないし、同じ国民に対する仕打ちではないという思考に至った数代前の【龍帝】辺りから、色々と政治改革が進んだからだ。その【龍帝】は自らの父親《当時の【龍帝】》を討つことで、帝国内における革命を成し遂げたらしい。

その甲斐あってか現在は竜使族以外の民族や、領土化された国の住民達も普通の暮らしを送れてはいるのだろう。だが、やはり過去の遺恨はどうしても残っているようだ。

シリルは優秀な人間であれば他国の人間であろうと、過去に差別の対象となっていた民族の人間であろうと、ヘッドハンティングに乗り出して大陸支配を目論んでいるが、そういう歴史的背景がある以上は中々に困難な部分もあるだろう。

とはいえ、シリルはその穏やかな性格と政治的手腕、国を第一に考えている姿勢、徴用した人々への好待遇という実績をもって、賢君として多くの人々からの支持を得ているのも事実。初代【龍帝】以来初の、〝ファヴニールの子孫を使役できる才覚を有している〟こともあって、竜使族からの信頼も厚い。

そういった功績が実を結んだ結果が、この光景と言えた。

「なんか物珍し気な視線で見られてない？　ボク達」

「初めましてだからじゃねえの？　ステラもキョロキョロしてるだろ？」

「いやだって、空をたくさんの竜《ドラゴン》が飛び回ってるんだもん。見ちゃうじゃん」

「まあ確かにな。国境辺りから凄かったし」

「だよね。魔術大国と違って結界の類がないなんて不用心と思ってたけど……ちゃんと考えられてるんだねえ。異文化を感じるよ」

間違いなく今代のドラコ帝国は、歴代のどのドラコ帝国より手強い。手強いが――

（帝国に不満を抱いている連中が一定数いることも、また事実。そこは、帝国の付け入る隙に他ならない）

今回の俺の計画の一つ。それは、ドラコ帝国に不満を抱いている連中の希望の光になって人望《信仰》を集めることである。

竜使族に憎悪を抱いている他民族の老人達や、老人達から過去の歴史を聞かされて悪感情を抱いている若者達。その者達の目に、悪感情を向けている竜使族や【龍帝】に従う者達を打倒する俺の配下はどう映る？

答えは単純、英雄のような存在として映るのである。

（童話とかで悪役令嬢が没落すれば、悪役令嬢に嫌悪感を抱いている読者諸君の胸が晴れるのと同じ理屈だな。特にヘクターとステラは、本人達の性格もあって人気を博しやすいはず。性格や趣味嗜好はともかく、セオドアとキーランも見た目は良いから支持は得られるだろう）

今回の俺は、ドラコ帝国の歴史が生んだ闇を利用する。【龍帝】が主催する御前試合もどきにどれだけ闇を抱えた人間がやって来るかは別として、全く来ないということはないだろう。

彼らだって、一人くらいは他国の人間が竜使族と闘う姿を見たいと思うはず。そしてその一人から話が伝わっていけば、俺の計画は完遂されたも同然だ。

竜使族をも打倒する戦力を従える〝王〟。そんな存在に対して、彼らがどのような感情を抱くかは想像に難くない。

（問題は、それでいざ俺の国に来たら来たで半裸の集団がお出迎えする点だが……それに関しては新しく土地を開拓することで解決するはず。半裸集団とは決して交わらない隔離した世界を創造しよう。

……半裸の集団なあ）

実に、実に難しい問題だ。


キーランの影響で意味不明な事態が起きたが、しかしキーランがいなければ俺はグレイシーとの対面で詰んでいた可能性が高い。そして何より、キーランの布教活動のおかげで俺の能力が向上しているのも事実。

キーランがいなければこの苦労はなかった。だがしかし、その場合はそもそも神々への対抗策として天下統一による信仰心の獲得という手段が出てこなかった。

鶏が先か、卵が先か問題と同じだ。

因果関係の特定が、不可能すぎる。

（それに正直、キーラン一人であれば個性で済んだからな。パンイチ系男子的な感じで。それがまさか、国民全員が半裸に染まるとは……いや、まあ今は置いておこう。今向き合うべきなのは、目の前の御前試合だ）

今回の御前試合、俺にはメリットしか存在しない。俺自身の実力は秘匿しつつ、俺に対する信仰が集まる可能性があるというだけでも素晴らしいというのに、それ以外にもメリットが多いからだ。

ステラやセオドアに実戦経験を積ませることができたり、大国に自然に入れるので【神の力】をひっそりと回収できたり。それこそ、「大国と張り合える戦力を有している国」という事実が周辺諸国に伝わるだけで、大抵の小国や民族は軍門に下るというメリットもある。

そして他にも、今回の一件でとある大国を釣れる可能性があるというメリットもあるが――それは後々語るとしよう。

（仮に敗北したとしても、下馬評通り小国が大国に敗北するという当たり前の結果に終わるだけ。俺が失うものは何一つない。……まあそれは、無用な心配だがな。【レーグル】が、ただの竜使族や大国の精鋭風情に敗北するものか）

第一部の最凶集団【レーグル】。

その実力を、俺は知っている。第二部以降のインフレの犠牲にこそなったが、彼らの強さは本物だ。

（勿論、相手は大国だ。世界有数の強者の中でも、上澄みに位置する実力者を当然抱えている。だがそれには、【レーグル】でも上位の実力者であるキーランやヘクターをぶつければ問題ない）

キーランとヘクターは、元々世界有数の実力者の中でも上澄みだったというのに、【加護】を手にしたことで更なる進化を遂げた傑物。

彼らであれば、大国の上位陣を相手にしても問題ない。【龍帝】の右腕が相手でも、キーランとヘクターならどうにでもなるのである。

（このために俺は、キーランとヘクターという二枚看板を先日伏せたんだからな。人材不足と侮った連中の喉元を、食い破るために）

……まあ人材不足というのも、あながち間違いじゃないのだが。

何故ならまだ、ジルの手足たる【レーグル】は全員揃っていないからだ。

とはいえそれでも、【龍帝】が想定しているであろう戦力を遥かに上回るのが俺の陣営だ。

「──さて」

口元を僅かに緩めて、俺は肩越しに背後を振り返った。


目を瞑り、静かに佇むキーラン。

物珍しいものを見たといった風に、周囲に視線を巡らせるステラ。

腕を組んで、戦意を滾らせ楽しそうに笑うヘクター。

何を考えているのか分からない笑みを浮かべながら、白衣のポケットに両の手を突っ込んだセオドア。


総勢四人。

余人が聞けば、それだけの戦力で大国に乗り込むのかと正気を疑われるような人数。

だが、彼らこそが俺の自慢の手足達。

約一名どうにかしてくれと思う男がいるが、有能なことには有能なので目を瞑る。

(何も、何も問題はない。ドラコ帝国程度、容易く堕とせる)

酷薄な笑みを浮かべて、俺は再度視線を前に向ける。帝国の首都の周囲を覆う外壁を見上げて、俺は口を開いた。

「――往くぞ。これより新たな伝説の開闢《かいびゃく》だ。貴様らの力を存分に発揮し、有象無象に思い知らせるが良い」

天下統一のための第一歩を、俺は踏み出した。

§

小国の兵が、ドラコ帝国の兵と御前試合を行う。

男はそれを耳にした時、はっきり言って正気を疑った。

(……小国同士で御前試合を行い、ドラコ帝国に取り入ろうとするのではなく、ドラコ帝国と御前試合を行うだと?)

男はとある国の貴族である。ドラコ帝国に取り入り、利益を上げようと考えている国の人間だ。

故にこそ、男は思った。理解不能だと。

この御前試合は【龍帝】たるシリルの目に留まるよう、属国や友好国、ドラコ帝国の民が奮って参加する一大行事。その行事で、ドラコ帝国そのものと競い合う――はっきり言って、意味が分からない。

ドラコ帝国のパフォーマンスか？　とも思ったが、それを新参の小国相手にやる意味はないだろう。

（だが、その国の王らしき人物はＶＩＰ席に向かったと聞く……まさか――いや、流石にないか）

思いついた考えを切り捨て、男はその小国に心底呆れる。

名前を聞いたこともない点から、おそらく新興の国だろう。

大国の強さを理解できない愚か者集団といったところか。

（まあ、酒の肴にはなるか）

目に見える結末を想像しながら、男は闘技場を見下ろした。

第五章　偽りの友好試合 開幕

「遠路はるばるよくぞいらしてくれました、ジル。歓迎しますよ」

「なに、私としても愉しめそうな催しであったからな。失望させるなよ、シリル」

客席のＶＩＰ席に、シリルと並んで腰掛ける。シリルの背後には老執事が立ち、俺の背後には――

「護衛の方は？」

「必要ない」

「……無用心では？」

「ふっ。私と貴様が揃っている状況で仕掛け、危害を加える事のできる存在が出てくるとすれば、それはこの世界が終わる時くらいであろうよ」

俺の背後には、誰もいない。

そのことをシリルは訝しんで尋ねてきたが、それに対する俺の返答は不遜すぎるもの。

だが事実として、俺とシリルを同時に相手にして勝利を収められるのはそれこそ【熾天】だとかグレイシーだとか【邪神】だとか神々くらいのもの。そしてそれらが俺とシリル相手に襲撃を仕掛けてくるのは、ほぼ間違いなく世界が終了する時である。つまり、俺の発言はそこまで大きく間違えていないと言えた。

（まあ向こうは間違いなく「ああ、やっぱりまともな護衛を用意できないくらいに人材不足なんだろうな」と誤認するだろうな）

少しばかり、シリルの纏う空気が軽くなった。おそらく、最後の警戒心が緩んだのだろう。

（狙い通りだ）

人材不足がフェイクである可能性を多少は考慮していただろうが、この状況でも周囲に人を侍らせない王など普通は存在しないと考えるだろう。特に、ボードゲームでジルという男のパーソナリティを把握しているシリルであれば尚更だ。

つまり――今のシリルは完全に油断している。

「第一試合が始まりますよ」

「少しは愉しませてほしいものだがな」

「ええ、楽しめるかと思いますよ。何せ――」

沸き立つような歓声と共に、向かい合うような形で二人の人間が現れた。

片や、黒いローブで全身を隠した不審者然とした男。

そして、もう片方は――

「彼はこの国で最も腕力に優れた兵士です。彼自身だけを総合的に見ても、この国で二番目くらいに強い兵士ですね。それなりに見ていて楽しめる技を披露してくれるかと」

山のような体躯の大男。露出した腕は大木のように太く、男が一歩歩く度に低い音が響く。

その手には岩で出来た巨大な棍棒のようなものが握られており、一撃でも当たれば常人なら間違いなく即死だろう。

だが何より注目すべきは、彼の背後にいる竜《ドラゴン》。

竜使族。

それも、自身もそれなり以上に戦えるタイプ。シリルの言葉を信じるならば、竜《ドラゴン》を使わずしてもその実力が兵士の中では二番目には強いとのことなのでさもありなん。間違いなく、この国でも上位に位置する実力者。

「……」

「勿論、非殺なので加減はさせますが……」

初手から竜使族を使う。

成る程、随分と本気だ。こういうのは、段々と強くしていくのがセオリーだろうに。先鋒は四天王最弱とかを連れてくるのが基本だろうが。

(本人が戦えるタイプの竜使族っていう辺りが巧いな。竜《ドラゴン》に頼りきりの竜使族であれば、闘技場のように行動範囲が限られた場所だと竜《ドラゴン》が動きづらくなるから人間が有利になる局面も割と作れるんだが)

戦場が狭ければ、竜《ドラゴン》の実力を発揮しきれないからな。シリルも、その辺を考慮しているという訳だ。

しかしまあ。

「……くく」

「?」

――敵の実力が高いのは、むしろこちらとしても都合が良い。

来たる未来を想像し、俺は内心で笑った。

「?　どうかしましたか、ジル?」

シリルが言葉を発するのとほぼ同時、戦いの火蓋は切られた。

大男が棍棒を横薙ぎに振るう。大男を起点に暴風が舞い、大地が抉られた。

明らかに人間離れした派手な動作と、それが齎す破壊力に、沸き上がる観客達。それらを横目に、俺は頬杖を突いて笑みを浮かべた。

「いや、なに」

確かに、小国相手にオーバーキルな戦力ではある。

それは今現在放たれた一撃を見ても、確定的に明らかだった。

俺の国は俺以外は脆弱であると誤認《認識》しているだろうに、適切な加減なんてなかった一撃。

一応加減自体はしているため、事故が起きても「加減はしたけど相手が弱すぎた」という言い訳でもするつもりなのだろうか。

「どうやら我々の考える事は、似ているらしい。先陣を目立たせる、という意味合いでな」

シリルはどうやら、俺の数少ない戦力を事故死という形で削いでしまったとしても構わないと考えているらしい。御前試合に出している人間が俺の手札の中では最高位だろうという推測に基づく作戦なのだろう。国力を低下させることで、一時的に俺の動きを封じて時間稼ぎといったところか。

合理的。実に合理的だ。

卑劣な真似を、と憤る人間もいるかもしれないが、俺はシリルの作戦を評価する。

国の頂点に立つとは、世界を統べようとするとはそういうことだからだ。綺麗事だけで、世界は回せない。

(人材不足の弱小国の戦士であれば、今の一撃で全てが決するな？　だが)

だがその男に、その程度の初撃は通用しない。

普段は変態で俺の腹を痛くするが、ここぞという場面でこの男ほど有能な人材は存在しない。

「……莫迦な」

大男の振るった棍棒の上。そこに立っている黒い男を眺めながら、俺は笑った。

「そんな……まさか、彼は」

シリルが大きく目を見開き、素顔の露出した男を注視する。

注視しながら、言った。

「【粛然の処刑人】……キーラン……!?」

宙を舞っていた黒いローブが地に落ちると同時、男――キーランがその手に持つ短刀を振るう。

鮮血が舞い、闘技場の地を血の雨が濡らした。

§

派手に血の雨を降らせたが、決して致命傷には至らないよう手心を加えている。

何故なら、非殺を命じられているから。

「来るが良い。木偶《でく》の坊」

神たるジルの命令を、キーランは何があっても違《たが》えない。

「オレは、神たるジル様の御威光をこの国に示す」

静かに、されど確かな闘気を放ちながらキーランは目の前の大男を見据える。

「この世界の全てを信仰で満たす新世界。そのために、オレはオレの全力をもって、栄えある先陣を切らせてもらおう」

彼の脳裏に映るのは、この世界の人間全てが服を脱いで信仰を示すユートピア。

誰もが己の全てを神に打ち明ける信仰を示せる世界とは即ち、誰もが神の従順な僕《しもべ》と化す世界に他ならない。

(必ず、私はこの世界の全てをジル様に献上する。世界の全てが未だジル様の御威光を知らないのであれば、私がジル様の御威光を、私の力をもって知らしめてみせよう)

服を脱がないということは、己の全てを神に曝け出すことができないということ。そしてそれは即ち、神に対して何かを隠している可能性があるということだ。

そしてその隠し事が神に対する〝叛逆《はんぎゃく》の意思〟である可能性を、キーランは危惧する。

ジルから至上の信仰を捧げる許可を得る程の信頼を得た者が、ジルの背中を刺すなどあってはならない。その可能性を可能な限り削る手段が、脱衣なのだ。

『自らを覆う服《表面》を脱ぎ、その身すら曝け出せない者が、自らの心の内を曝け出せるものか。自らの全てを曝け出せない程度の者が、ジル様に全てを捧げられるものか。その心の内に叛意が巣くう可能性がないと証明するため、ジル様に全てを捧げるという意思を表明するため、服を脱げ』

これが、キーランの真意。脱衣は目的にあらず。脱衣は手段でしかない。

つまり極端な話、彼にとって服を脱ぐかどうか自体はどうでも良いのだ。

だからステラやヘクター、セオドアのことは、態度はともかく曲がりなりにも同志として認めている。

彼らならば裏切らないと、キーランはなんとなく思っているから。

（このような曖昧な感情は良くないが……しかし、ジル様自ら勧誘なされたのだ。ならば、そこに疑問を挟む事の方が不敬というもの）

彼の中の優先事項は、あの時から何一つ変わらない。

全ては、絶対の主であるジルのため。

彼は別に、服を脱ぎたいから脱いでいるのではない。もしそうならば、彼は常に服を脱いでいる。

常に服を脱いで過ごすことで、快感を得ている。

だがそうではない。

彼はあくまでも信仰の証として、服を脱いでいるのだ。神に対して「私は何も隠す事はありません」と伝えるために。

その辺の変態とは、格が違う。

（神に対する叛逆など、あってはならない。そのために、私は――オレは全てが神の下に、全てを白日の下に晒す世界を創造してみせる）

ユートピアどころか、ジルが知れば全力で止めにかかるディストピア。

だがそれを知らない彼は、それを夢見ながら自らの二つ名の通り――静かに相手を叩き潰す。

なお、彼自身が服を脱ぐのにはジルの神威を全身で浴びたいというかなりアレな理由も含まれていたりするのだが、それは完全に余談だ。ちなみに本人に自覚はない。ジルが知れば、色んな意味でドン引き必至である。

「……まさか、こんな大物が出てくるなんてなァ」

「……」

キーランは強い。

その身のこなし、技量、戦術眼。あらゆる面を限界近くまで極めており、それは先の一幕だけでも明らか。並の実力者程度では、戦う前から戦意を喪失してしまうだろう。

だがそんなキーランと相対する男も、並大抵の実力者ではない。紛れもなく世界有数の強者であり、キーランとて油断しては食われる相手だ。

大男は牙を剥き出しにして、背後の竜《ドラゴン》に指示を出す。

「行くぞ、殺し屋！」

「地に伏せろ、獣畜生」

――直後、二つの影はぶつかり合った。

§

竜《ドラゴン》。

幼体でさえ鍛え抜かれた成人男性をも凌駕する体躯と力を誇るその生物は、大陸上でも最強の生物の一角として認知されている。

単純な体当たりが人間にとっての一撃必殺と化し、ブレスによる絨毯爆撃は街全土を焦土にする。平均的な移動速度でさえ音速を超え、制空権という圧倒的なアドバンテージを保有。ダメ押しとばかりに優秀な生命感知能力をも備えている。

また、防御性能にも隙がない。体表は厚く、生半可な武器では武器の方が壊れてしまう程だ。高い感知能力と機動力の相乗効果で、そもそも大抵の攻撃が当たらないという実情もある。

戦力という面において、竜《ドラゴン》という生物が如何に優れているかは一目瞭然だろう。ジルの前世を持ち出してたとえるのであれば、戦闘機を相手に生身で特攻するようなものであり、人間にとっては絶望の具現。

故に、そんな竜《ドラゴン》を使役できる竜使族が大陸で台頭するのは、自明の理だった。単一民族でありながら、国すら堕とす。それが竜使族という民族であり――竜《ドラゴン》を使役する本人までもが鍛えていれば、それは鬼に金棒という他ない。

故に、

「チイ！　なんなんだこいつァ……！」

「……」

故に、それを相手に涼しい表情を浮かべているキーランはどう考えても異常だった。竜《ドラゴン》という生物の強さと竜使族を知るドラコ帝国民だからこそ、目の前の光景の異常さがよく分かる。そしてそれは、キーランを相手にしている竜使族の大男も同様だった。

（空中からの竜《ドラゴン》の攻撃と地上からの俺の攻撃を、全て見切ってやがる）

回避能力が高い、と大男は内心で歯噛みした。

（殺し屋でありながら、対面での直接戦闘でここまでやれるなんてな……）

だが、と大男はキーランの弱点を推察する。

竜《ドラゴン》が中空から尾を振り下ろし、キーランはなんでもないように後方に跳ぶことでそれを回避する。

尾が直撃した大地に亀裂が走り、大量の石飛礫《いしつぶて》が宙を舞った。

「これでどうだァ⁉︰」

そしてその石飛礫を、大男は棍棒を振り回すことによって相手に目掛けて撃ち放つ。空間を埋め尽くす弾幕攻撃。いくらキーランといえど、隙間を縫って回避するのは不可能かと思われるそれだが

「遅い」

キーランは、懐から放ったナイフでその全てを相殺することで対処する。

数は百を超え、速度は音速を凌駕していた石飛礫。その全てを、キーランは瞬時に解き放った十のナイフで撃ち落とした。

音を立てながら地に落ちた石飛礫とナイフを見て、大男は目を見開いたまま動きを止める。

「……たった十のナイフで、百を超える石飛礫を全て撃ち落としただと？」

「ナイフ同士をぶつける事で軌道を操れば造作もない事。加えて、ナイフが石飛礫とも反発し合えば……百を超える石飛礫程度、オレには無と変わらん」


それは、跳弾と呼ばれる現象を利用した技だ。

ナイフを放ち、そのナイフに別のナイフを直撃させれば、当然二つのナイフは弾き合って当初とは異なる軌道を描く。そしてそれを何度も行えば、ナイフの軍勢は数多の軌道を描くことになるのだ。

また、石飛礫と直撃したナイフも、その軌道を変化させるだろう。それらを何度も何度も繰り返せば――当然、全ての石飛礫をキーランに届く前に撃ち落とせる。

百の石飛礫を撃ち落とすのに、何も百のナイフを使う必要はないのだ。ナイフを放つ適切な速度、角度、力を計算すれば――迎撃する数が劣っていようと、全て撃ち落とすことは可能なのだから。

「それだけの絶技を、音よりも速く差し迫る石飛礫の軌道を目視し、全て計算してからこなすだと……」

キーランの言葉を受け、何が起きたのか、アレを起こすのに必要な技術がなんなのか。その全てを察した大男は戦慄する。これほどの絶技、大陸広しといえどできるのは片手の指で足り――

「――それくらい、できて当然だろう。オレ達は、ジル様に仕えている。ジル様の御威光を示す栄誉を担っている。オレだけではない。後続の者達も、これくらいは余裕でやってのける」

「!?」

ステラやセオドア、そしてヘクターが聞けば全力で「できる訳ないだろ」と否定するようなことを、キーランはなんでもない風に言い放った。

あまりにも当然のように口にするキーランを見て、大男は信じられないという気持ちと、しかし目の前で実演された光景を見て信じざるを得ない気持ちの板挟みになってしまう。

――まさか本当に、後続の者達もこの殺し屋に匹敵する実力者だとでもいうのか？

否定したい。だが現実として、少なくとも目の前の殺し屋は絶技を成し遂げている。だとすれば……真実なのではないか？　敵の軍勢は、全てが絶技を有した超人集団なのではないか？　そう思考が至り――

「……ッ！　だが、ナイフ如きで俺の竜《ドラゴン》には傷一つ付けられんぞ！」

――が、大男も大陸有数の強者であることに違いはない。

キーランが人間離れした技術を有する殺し屋であるのと同様に、彼もまた別分野で人間離れした能力を誇る竜使族の一人なのだ。すぐさま精神を立て直した大男の指示を受けた竜《ドラゴン》が空高く舞い上がり――その口元に、炎の塊が宿った。

「くだらん」

竜《ドラゴン》の特性を活用した遠距離攻撃。

そしてその遠距離攻撃に意識を大きく割いた瞬間を狙って、大男が仕掛ける。それが、この大男の基本戦術なのだろう。

しかし、キーランには通じない。細めた目で竜《ドラゴン》を見やりながら、彼は瞳を輝かせて言葉を紡ぐ。

「【禁則事項】は上空からの攻撃。【罰則】は強制的な墜落」

瞬間、絶叫をあげた竜《ドラゴン》が大地に激突する。

それも、標的たるキーランがいる位置とは大きく離れた位置で。

大地を叩くような轟音が響き、砂埃が舞った。

「……は？」

そしてそれを、大男はポカンとした表情で眺めていた。眺めるしかなかった。

何せ、キーランは何もしていない。にも拘わらず、相棒たる竜《ドラゴン》が地に落ちたという現実。それを、大男は理解できなかったのだ。

（口を開いて何事かを呟いてはいたが……）

いや、だがしかし、何故それで竜《ドラゴン》が地に落ち——

「ッ！」

ハッとした大男は棍棒を握りしめ、それをキーラン目掛けて上段から振り下ろそうとする。

竜《ドラゴン》は即座に戦線復帰することは不可能な状態に陥っているが、しかし自分はまだ動ける。ならば、ならば自分が目の前の男を叩き潰せば問題は——

「眠れ。お前如きでは、オレには勝てん」

大男の意識が断絶し、倒れる。

キーランより放たれし、顎先を掠める一撃。それが脳震盪《のうしんとう》を引き起こして、大男から意識を奪ったのだ。

ドッ、と沸き立つような歓声が、闘技場を満たした。

「⁉　……⁉」

「すげえ！」

「ナイフの攻撃って、なんかカッコいいな！」

「あの兵士さんが負けるなんて……⁉」

「確か、竜使族の中でもめちゃくちゃ強い人だよな……」

「何者なんだ⁉」

「番狂わせだ‼」

「両方ともすごかったよ！」

「いやしかし、キーランって人強すぎるだろ」

「だな。当たれば大怪我間違いなしの攻撃で顔色変えてないし……」

「本当に相手は小国……なのか？」


観客達が様々な言葉を叫ぶ。

その中にキーランを否定するような類のものはなく、誰もが両者の戦いを讃えていた。

歓声を背に地に伏せた大男を見下ろし、次いでキーランはＶＩＰ席へと体ごと顔を向けた。

そして彼は、そのまま跪くと。

「ジル様！　我が勝利を、御身に捧げます！　この栄光は全て、貴方様へと！」

確かに張り上げた声だったが、しかしそれほど大きいものではない。

だというのにその声は、歓声すら打ち消して皆の耳に届いた。

「——大儀であったぞ、キーラン。此度の戦い、中々に良い催しであった。今後も励め」

「ハッ！」

その姿は、まさしく忠臣。

あれほどの男をこうも心酔させる〝ジル様〟とは何者なのか。そしてそんな〝ジル様〟が従える他の者達は、どれほどの実力者なのか。

皆の期待が、高まった瞬間だった。

§

やられた、とシリルは内心で歯噛みする。

人間という生き物は予想外の事態ほど印象に残りやすい。観客にとって今回の結末はまさしく〝予想外の展開〟であり、今回の件は人々の記憶の中に印象強く残ったことだろう。

そして何より、あのキーランが特定の個人や勢力に対して絶対の忠誠を捧げる。彼を知る人間にとってはこの上なく恐ろしい事実だ。

自分が調べ上げた限り——あの男は、誰かの下に付く類の人物ではなかった。利害の一致で互いに利用する関係を築くのが関の山だと睨んでいたのだが。

(どんな手品を使ったというのですか……?)

まさかそれほどまでに、横で悠然としている男は人心掌握に長けているとでもいうのか。

魔術大国の掌握も確かに異常だが、アレには元々魔術に対して狂信的という面が存在した。故に、狂信の指向性を変えることさえできればそういうこともあり得る、と納得できなくはないのだ。

だが、あの殺し屋相手にも人心掌握が可能となると——

「次の試合が始まるようだな」

「っ! そうですね」

内心で焦燥するシリルをよそに、ジルはなんでもない風に言う。それを受け、即座にシリルは精神を切り替える。

ジルの視線が賢者風の老人を捉えると、彼の目が興味深げに細まる。

闘技場の中央にて、水色の髪を持つ少女と、見た目が賢者風の老人が相対した。

「魔術師か?」

「ご名答。彼は我が帝国が抱える魔術師の一人。先代達は——まあこれは大陸のどこの国も似たようなものですが、魔術大国の影響で魔術師を嫌い、魔術を軽視していました。……しかし僕は魔術というものに興味を抱いてまして、彼をスカウトしたのです。いずれは魔術師の育成機関も設立する予定ですよ。……まあご存じの通り投資に必要なコストは莫大で、長期的な計画になりますが」

「ほう？　魔術に興味を抱いたか」

「ええまあ。魔術というものは、実に興味深い。事象を数式で表し、それを事象として再現する。それどころか、時には事象を改変した形で現実化できるそうですね。言葉にすればそれだけですが——不思議に思いませんか？　何故、事象を数式で表せるのか。この世の全ては数式で綺麗に表現できるという仮説があるそうですが、それが僕には不思議でなりません。何故、数式で表せる？　何故この世界そのものが、数式で綺麗に証明できる？　偶然と片付けるには、あまりに奇妙な点が多すぎるんですよ。……まるで」

雑談に興じながらも、二人の視線は眼下へと向けられている。少女と老人は何らかの会話をしているらしく、試合はまだ始まっていない。

「まあ、大事なのは目下の試合ですよ。あの少女はあの歳で上級魔術に至るだけの恐ろしい才能と実力を有していると僕は見ましたが……現時点の実力に関しては彼も同じ。そして同等の領域に至っている術師同士の戦いにおいて、年季というものは——」

「……フッ。上級魔術、か」

§

「儂は皇帝陛下直々に雇われてな。元々この国の辺境の地で一人研鑽に励んでおったのじゃが……国のバックアップというのは素晴らしいものじゃと感じておる。魔術師なんて変わり者を好意的に見てくださる権力者がいたという時点で、儂は嬉しかったがの」

「へえ勧誘か。ボクはどっちかっていうとジル少ね……オウサマが面白そうだから国を出て自分からついていった感じかな」

「ほうほう。貴方がたの王というのも中々寛容な方のようで」

「うーん。まあ、寛容といえば寛容なのかも。考えてみたら、オウサマの周囲って個性的だし。大抵のことは受け入れる器の大きさはあるよアレ」

「ほほほ。して、お嬢さんはどの国ご出身なのかね？」

「魔術大国」

「え」

ピシリ、と老人が固まる。

次いで信じられないものを見たような表情を浮かべて、その顔がみるみるうちに青褪めていった。

「も、もう一度言ってくれんかね？」

「魔術大国」

「ひっ」

老人が一歩後退る。先程までとは一変した老人の様子に、ステラは不思議そうに首を傾げた。

「どうしたのおじいちゃん。顔色悪いけど」

「ひいいいいい!?」

ステラが一歩近づくと同時に、老人は風属性の中級魔術を無詠唱で放った。ステラの体が吹き飛び、砂埃が彼女の姿を覆い隠す。

「ま、ままま魔術大国……」

聞くだけでも恐ろしい名前である、と老人は震え上がる。

あの頭のおかしい魔術師が大量発生している国出身の術師というだけで、老人はもはや半ば狂乱状態になっていた。

(ち、直撃……したのかね？　いや、しかし魔術大国出身となると……)

おそらく、無傷。

普通であれば勝敗が決してもおかしくはない一撃だった。確実に意識を刈り取るつもりで放った一撃が直撃したのだから、それは当然のこと。

だが、魔術大国の術師であれば話は別だ。

頼むから気絶していてくれ、と老人は希望的観測に縋ろうとするも——

「あははは｜。元気いっぱいだねおじいちゃん」

「————」

老人の予想通り、ケロリとした様子の少女が砂埃を切り裂くようにして現れる。

その体には傷一つなく、服にも汚れすら見当たらない。魔術大国の魔術師相手とはいえ、仮にも中級魔術の一撃だったというのに。

直撃すれば魔術的素養のない人間であれば、殺せてしまうような一撃だったというのに。

「んじゃ、やろうか。ボク達の魔術合戦で、観客の人達を魅了しよう！」

少女、ステラは周囲に水を浮かべながら楽しそうに笑う。

それを見て絶望する老人をよそに、戦いの火蓋は切られるのであった。


「く、来るな！」

「人をそんなバケモノを見るみたいな目で見ないでほしいなあ」

風の刃が放たれ、水のヴェールを切り裂く。制御が失われた水の塊は雨となって大地を濡らすが、
しかしステラの表情は変わらない。

「おおー。結構鋭い風の刃だねえ」

「ぐぬぅ」

ステラがくいっと人差し指を動かせば、大地を濡らしていた水分がたちまち浮かび上がり、再び水の塊に収束していく。一秒とかからず、水のヴェールは再展開されていた。

変幻自在に動く水の塊を見ながら、老人は呻くように言葉を漏らす。

恐怖と畏怖——そして僅かながらの敬意と感嘆を混ぜて。

「なんという魔力操作技術……」

「あははー。師匠に追いつくには、この程度基本中の基本だからねー」

「くっ」

これが基本だと？　と老人は内心で戦慄した。

あのように変化自在に水《事象》を操るために、一体どれだけの数式が頭の中で展開されているのか、老人にはまるで計れない。如何に狂人であろうと、魔術大国の魔術師はやはり別格なのか、と思わず歯噛みしてしまう。

「じゃ、次はボクの番かな」

お返しとばかりに、ステラは幾多もの水の鞭を老人に向けて放った。それに対し、老人は真正面に張った風の防壁で防ごうとするが――

「ボクの操作技術を見たんだから、真正面だけに防壁を張ってもダメなことくらい分かるでしょ」

「ぐぬう!?」

突如、水の鞭がその軌道を変化させる。目を見開き硬直した老人に向けて、風の防壁を避《よ》けるような形で水の鞭が殺到した。

衝撃を受けて吹き飛んだ老人の体は大地に数度叩きつけられた後、闘技場の壁に激突して停止する。

「あれ？」

そんな老人の姿を見て、ステラはどこか戸惑った様子で首を傾げた。目の前には既に制御下に置かれている風があったのだから、その風を操作して防げば良かったのに、と。

「んー。おじいちゃんもしかして中級魔術までしか使えなかったりする？　いくらなんでも、応用が利いてなさす――」

それ以上、ステラの言葉が続くことはなかった。閉口したステラが自身の周囲を覆うように水のヴェールを展開した直後――水のヴェールごと覆い尽くす規模の竜巻が、闘技場を蹂躙する。

「風を拡散させずに集中させたのだがね……！　やはり、魔術大国の魔術師は意味が分からん……！　どうなっている……⁉」

「おっ、上級魔術のご登場か。その辺の建物なら丸ごと吹き飛ばせるね。無詠唱で魔力が乱れていないのもボク的にポイント高いよ」

「その、その辺の建物を吹き飛ばす一撃とやらを受けて平然としているお嬢さんは、意味が分からないのだよ！」

必死の形相の老人が自分の近くに竜巻を複数展開させ、それをステラに向かって放った。対するステラは水の渦を複数同時展開させて、竜巻を相殺しにかかる。

風が闘技場の大地を抉り、大量の水しぶきが世界を侵食する。両者ともに、街で放てばそれだけで街が半壊し、人が死んでいくような一撃だ。

まさしく嵐のような規模のそれらが目前に迫る観客達は、恐怖の悲鳴をあげた。

「あっ！　竜巻も水の渦も高さがあるからお客さん達危ないじゃん！　ここ魔術大国じゃないんだから結界を張らないと誰も防げな――」

そしてそれを見て「やべぇジル少年に怒られる」と気づいたステラは、観客に被害が及ぶ前に闘技場に結界を張ろうとし、

「そこじゃ！」

ステラの視線が観客に移り、魔力の流れが変化したその瞬間。

それは、死に物狂いでステラと魔術勝負をしていた老人にとって、千載一遇のチャンス。

その隙を、老人は突く。

「⁉︎」

上空から叩きつけられる暴風。その圧倒的な質量に、思わずステラは両膝を突いた。

「――――！」

「【嵐の天井】！　これでもはや声も出せまい！　ここで決めさせてもらうとするわい！」

そして、老人が更に竜巻を展開する。身動きが取れないステラ目掛けて、竜巻が殺到し。

「場外まで吹き飛べ！　【真空の棍棒】！」

そして、ステラの体が、遥か彼方へと飛ばされる。

それと同時に、ステラの切り傷から零れ落ちたであろう血痕が大地を濡らした。

嵐が止み、先程までの轟音が嘘のように静まり返った。

「……か、勝った……のか？」

信じられない、といった様子で老人はおそるおそる立ち上がった。

幻術の可能性も考慮したが、しかし上級魔術まで修めている自分に理論上幻術は通用しない。そう思い至った老人は、歓喜に打ち震えながら拳を頭上に上げた。

（ま、魔術大国の人間が、周囲を気にして……け、けけ結界を張るなどという普通の人間の真似事をするからそうなるのじゃや！）

ま、まあ良いと老人は思考を切り替え、

「魔術人国の魔術師が、他国の魔術師に敗れた……これで、世界は救われ――」

「――えー。同じ魔術師じゃん。仲良くやろうよ」

次の瞬間、背後から聞こえた声に老人は硬直した。

「な、何故……」

「え？　何が？」

「お、おおお嬢さんは場外へ消えたはず……場外に出れば、儂の勝ちで」

「これ、なんだと思う？」

ずいっと、ステラが何かを掲げ――気づいた。

これは、

「こ、氷で作られた人形と……赤い水？」

つまり先程吹き飛ばしたのはステラに模した人形で、血痕だと思ったものは、

「地獄トマト飴、間違えて落としちゃったみたい。いやあそれがなんか水とかと混じって血みたいな色になっちゃってさー、めっちゃグロテスク。笑っちゃうよね」

地獄トマト飴ってなんだ、そんな言葉を呑み込みつつ老人の顔は恐怖によりみるみると青褪めていく。

「こ、氷……？　氷じゃと……？　ま、まままま待ってくれ。もしや、もしやお嬢さんは――」

「――ご名答。ボクは【氷の魔女】の弟子なのです」

えへん、と老人の背後で胸を張るステラ。しかし老人に、その微笑ましい姿を見る余裕はない。

【氷の魔女】。

魔術に触れる人間で、その名を知らない者はこの世に存在しない。あの魔女こそ世界最強の魔術師にして、唯一【禁術】を修めた魔術師であるからだ。

（あ、あの【氷の魔女】の弟子……⁉）

定期的に大陸の端で海岸やら何やらを凍結させ、人間すらも淡々と凍結させ、そのような行為に手を染めてもその顔に感情の色が表れることは決してないとされる冷酷非道の魔術師。

彼女の後には凍結した残骸しか残らず、彼女に続けとばかりに魔導書を閲覧する犠牲者に対してもノーリアクション。また、魔術大国の外では幼い少年をジッと眺める姿が目撃されているらしい。その姿から幼い少年を人体実験の材料にしようと画策していることは明らかであり、「【氷の魔女】に人の心は存在しない」と魔術師達の間ではもっぱらの噂である。

なお、クロエがその噂を聞いたら、間違いなく彼女は内心で泣くであろう。

「さてと」

ひっ、と老人は声を漏らす。その足は震え始め、もはやまともに魔術を行使するなど不可能。

だがステラに、老人の事情など関係ない。パキパキ、とステラを中心に大地が凍てつき始める。

「それじゃあ終わらせようか。残念なことに、これ以上おじいちゃんの魔術を見ても楽しくないみたい」

朗らかな笑みを浮かべながら、ステラは老人を凍結させる。そして彼女は振り返ると。

「オウサマー！　勝ったよー！」

§

(なんであの頭のおかしい国の魔術師がいるんですか!!　しかも氷属性!?　【氷の魔女】の弟子!?)

ヘッドバットを壁にキメたい衝動を抑えながら、シリルは笑みを浮かべて眼下の光景を眺めていた。

(……いえ、考えてみれば偽神は魔術大国で崇められているのだから一人くらい手元に置いておくのは必然ですね。……必然、なのでしょうか？　あの国の魔術師を手元に置く？　正気ですか？)

あの国の魔術師は魔術大国にまとめて保管しておき、必要な時だけ自爆特攻兵器として使うのが一番合理的ではないのか、とシリルは疑問に思う。

あるいは魔力タンクにでもして、必要な時に必要な分の魔力を抽出する道具として活用すれば良いのではないだろうか。

あの国の頭のおかしい魔術師を手元に置いておくだなんて――――とシリルはジルの采配にドン引きしていた。なおシリルの考えを読み取った場合、逆にジルの方が「お前は魔術大国の人間をなんだと思ってんの？」といった具合にドン引きするのは言うまでもない。

（王の命であれば半裸になるほど狂信的な集団に、【粛然の処刑人】、そして魔術大国の少女。……ちょっと意味が分かりませんね。これでどうして国家として成り立つんですか。少数精鋭の組織だとしても内部崩壊しそうなんですが）

訳が分からない。

だが、これが現実であることは否定できない。何故なら、実際目にしているのだから。これが人伝に聞いた情報であれば「あり得ない」と一蹴したのだが。

（……まあ敗北はしましたが、彼を選抜した最たる理由は魔術師の価値を上げるため。対戦相手の少女も魔術師だったのは不幸中の幸いですかね。魔術師同士の戦闘を見て、少しは人々の見方が変わると良いのですが）

シリル本人は、魔術師及び魔術を高く評価していた。

魔術は才能の占める割合があまりにも大きく、才能があったとしても教育には莫大なコストがかかる。加えて魔術大国のせいで、魔術師の評価は恐ろしく低い。費用対効果という面で、魔術師育成にはどの国も乗り出せず、それはドラコ帝国も同様だった。

しかし、シリルはそんな状況に変化を起こしたいと考えていたのである。

故に御前試合で魔術師を披露し、地位向上を考えていて——と、シリルが思考の海に沈みかけていた時だった。

「……セオドアさん？」

「然り。こちらの三番手は、あの男よ」

「……正気ですか？　彼は戦士の類ではないでしょう。いくら実力を隠蔽していたとしても、流石にあそこまで抑えるのは不可能だ。戦士でない方を無意味に傷つける趣味はありません。棄権するのであれば、今のうちですが」

「これまでの戦局を見てなお、そのような口を叩けるとはな。随分と余裕だな、シリル？」

「……」

確かに、とシリルは目を細める。

これまでの戦闘を鑑みると、あの研究者にも特別な〃何か〃が存在する可能性がある。

もはやシリルの中に、ジルの臣下とでもいうべき集団に対する蔑視は一切存在しない。人材不足なのは間違いないだろうが——その質は、大国の戦力にも匹敵する。

（戦争になれば、物量で押せば問題ありませんが）

その場合は、確実に隣の男が戦場に現れる。

そうすれば自分と相棒はこの男の相手に集中せざるを得ないし、その隙に後方支援部隊として魔術大国も出てきたらどうしようもない。

（となるとやはり……）

やはり、四番目の試合。

そこに全てを賭けるしかないのかもしれない。

「……キミからはあまり力を感じないんだが、棄権した方が良いんじゃないか？　やる気もなさそうだし」

「それはそうだろう。私は残念なのだよ。キミ程度の者が相手という事実が。これではやる気も削がれるというもの」

「……残念？　僕はこの国の戦士団の団長を務めている。相手として、不足はないと思うんだが」

「知っているとも。竜使族以外の人間だけで編制した戦士団だろう？　それが残念なんだ」

「……？」

「残念でならないよ本当に。この御前試合は、貴重な竜使族と竜《ドラゴン》の検体を得られる機会だと思っていたというのに。【龍帝】殿の思惑は分かるがね。竜使族以外でも重用されるという対外的なアピールの一環であると。だが私は――ただの人間に興味はないのだよ」

ぞくっ、と団長は背筋が凍りつくのを感じた。一瞬だけ見せたセオドアの表情。それに、激しく悪寒を掻き立てられる。

（な、んだ……？）

「まあ、多少頑丈な人間で実験を行うのも悪くはないか」

（僕は、何と戦おうとしている……ッ⁉）

「最近、新しく様々な薬を調合してみたんだ。非殺という事は、死ななければ何をしても構わないという事だ。キミ達も同じ考えだろう？　大義名分はあるとも」

紫色の魔法陣が、セオドアの背後に展開される。

激しい光を背に、セオドアは眼鏡を中指で軽く押し上げながら笑った。

「竜使族、そして竜《ドラゴン》。それらを研究してみたかったが仕方がない。ジル殿の目的を達成すれば、いずれ機会は訪れるだろう。……ああ、そういえばジル殿はある程度好印象を与えるような戦い方を、と言っていたか。ふむ。ではそうだな。見栄えを大事にしつつ、観客達には見えない範囲で実験を済ませるとしようか」

そして現れたるは、神々しい光を放つ白馬。呆気に取られる団長をよそに、セオドアは口を開く。

「この馬の蹄《ひづめ》には毒が塗られている。さて、どうするかね？」

通常の馬の二倍以上の巨体を誇る神聖な白馬。

それが視界から消えたことを察知した団長は、即座にその場から飛び退いた。

——瞬間。激しい轟音と共に大地が割れ、吹き飛ばされた砂利が拡散する。

「くっ」

砂利は波となって団長を生き埋めにせんと襲い掛かる。常人であれば確実に波に呑み込まれる程の規模だが、しかし幸いにして団長は常人ではない。

鎧の重さを感じさせないアクロバティックな動作で波を回避した団長は、そのまま宙へと跳んだ。

そして落下の勢いでセオドアに斬りつけようと、懐から引き抜いた剣を振り下ろすが――

「それはナンセンスだ。キミは先の攻撃で、白馬の移動速度を知ったはずだろう？　ならば白馬とその程度しか離れていない時に、なんの足止めの策もなく、私に集中するのは良くない」

「――――ッ！」

セオドアが言うが同時、横から受けた体当たりで団長の体が吹き飛んだ。彼が衝突した闘技場の壁に、クレーターが形成される。

「……ふむ？」

しかし、団長自身にダメージは見受けられない。彼はなんでもない風にクレーターから抜け出すと、頭を振って剣を構えた。

「頑丈……いや、違うな。回復が異常に早いのか」

「僕は昔から、回復力が人の何倍も優れていてね。たとえ剣で斬られても、すぐに回復するんだ。そのおかげで、戦士団の団長として抜擢されるに至った」

「それをわざわざ口にする必要があるのかね」

「キミには既に見抜かれているから、あまり関係ないんじゃないか？　それにキミの方こそ、馬の蹄に毒があることをわざわざ口にしていたじゃないか」

呆れたように、団長はセオドアに指摘する。

確かに毒というのは厄介だ。回復が早いといっても、毒の摘出や分解が可能という訳ではない。あくまでも肉体の損傷の回復が早いだけ。

故に、団長にとって毒は天敵である。

だがそれは、あくまでも体内に毒を注入されればの話。今回で言えば、蹄にさえ注意しておけば問題ない。

「その馬の速度は厄介だけど、見切れない程じゃない。それに蹄による蹴りや踏み落としなら、回避する必要があるけど……」

体当たりであれば問題はないし、馬というのは基本的に後ろ脚による蹴りを得意とする生き物である。前蹴りが不可能という訳ではないし、前脚による踏みつけ攻撃も危険だが――しかし後ろ蹴りほどの速度と威力はない。おそらく体当たりと同程度か、それ以下。

であれば、体当たりで貫けなかったこの鎧を前蹴りが貫くことはないだろう。

そして鎧を通して受けた衝撃による傷の類は、自慢の回復力で即座に治癒する。戦線への復帰は容易であり、であれば最も注意すべきは白馬の後ろに立ってしまうことだ。

（まずは馬を倒す。その後で、セオドアという男の首に剣を突きつければいい……）

そして、団長は風となった。

馬の前に立った団長は、横薙ぎに剣を振るう。馬の前脚を斬り落とそうとするが――

「硬いな！」

「その馬の肉体の強度は、キミが纏っている鎧より数段上だ。その程度の剣でどうにかなるはずがないだろう」

「成る程、ではこれならどうかな！」

剣から紫電が迸り、馬の全身を凄まじい電流が駆け抜ける。大地を焦がす程の紫電の威力に、セオドアは僅かばかり目を細めた。

「それは」

「これは、この国に古《いにしえ》より伝わる魔剣の一振りだ！　本当に使いこなせる人間であれば、街一つを呑み込む規模の雷を放てるらしい！」

「……」

「僕ではこの程度だけど……でも、それでも使い方次第だ！」

白馬の動きが、格段に鈍重になる。いや、そもそも身動きが取れていない。

痺れによる痙攣《けいれん》が、身動きを取ったように見えるだけ。これで、団長を阻む障害は消え去った。

「使役士は、使役する獣がいなければ戦えなくなるのが常識だ。悪いけれど、速攻で決めさせてもらう！」

叫びながら団長は、セオドアに向かって駆ける。一陣の風と化した彼は、そのままセオドアを剣の腹で殴りつけようとして。

「残念ながら私が受け取った【加護】は、その辺の使役士の常識で推し量れるものじゃないんだ」

殴りつけようとして、眼前へと迫った壁にその動きを封じられる。

「……なっ」

いや、これは壁ではない。蛇の軍勢だ。

無限とすら錯覚してしまうほどの蛇の軍勢が眼前に立ちはだかり、団長の体を呑み込む。

顔以外の全身が蛇の波に埋もれた団長は、もはや身動きも取れない。

「そして、キミに残念なお知らせだ」

そんな団長の姿を見ながら、セオドアは眼鏡を光らせる。

光らせて、笑った。

「馬の蹄には毒があると言ったが――嘘だ。その馬は蹄だけでなく、全身に毒が塗られている。それも、触れたら即詰みの類のね」

みるみるうちに、団長の全身の皮膚が変色していく。

自身の変化を感じ取ったのか、団長の瞳には絶望の色が浮かび始めた。

「何故私が、懇切丁寧《こんせつていねい》に本当の事を語らねばならない？　本気で毒を試したいのなら、黙っておくだろう普通。では何故完全に黙秘しなかったのかというと――ほら、ある程度は一進一退の攻防に見える場面を作った方が見栄えが良いだろう？　戦う者同士の駆け引きのような戦局は、戦闘を娯楽と捉えている者達には手に汗握る展開として映るのさ。君が蹄を回避するために必要だった攻防は、観客にとってもそれなりに面白かっただろう」

団長の異変が衆目に晒される前に、セオドアは彼の顔面も蛇の軍勢で覆い尽くす。今頃彼は、中で絶望していることだろう。自らの肉体が、人間ではない〝何か〟へと変化していることに。

「【魔王の眷属】という個体を先日確保してね。アレは雑兵《ぞうひょう》だったが、しかし面白い個体だった。……ああ安心したまえ。表面上は似ているだが、全く異なるものだ。経過観察を終えれば治療してやろう。

さてさて、どんな結果が得られるのやら」

それから暫くして、意識を失った団長が吐き出される。

その後の彼はこれまでとなんら変わりなく――ただ、記憶の混濁だけが見られたという。

§

（あれほどの獣を平然と使役しますか。竜使族ほどではありませんが、しかし中々に素晴らしい。……とはいえ、あの獣が彼の上限と考えるのは早計。竜使族をぶつければ問題はなかった、と考えるのは良くないでしょうね。どこからともなく蛇の軍勢を出した術《すべ》も気になります）

これまでで一番まともな戦いだった気がする、とシリルは先程の戦闘を評価する。

キーランはそもそも存在に度肝を抜かれたし、ステラも同様。その技術や魔術も、色んな意味で驚異的だったからだ。

先程までの戦闘と比較すれば、セオドアという男の戦闘は十分に楽しめた。一番王道的だった気がする、とシリルは感想を抱いている。実際のところは一番邪道だったが、それを悟らせない立ち回りをしたセオドアを評価すべきだろう。シリルとは分野こそ違えど、彼もまた、優れた叡智を有する存在なのだ。

（……これで三敗、ですか）

いよいよ最後の試合。

相手が強かったとはいえ、ここまで大国の一角である帝国が小国相手に敗北を喫しているという事実。【龍帝】である自分が出れば話は変わるだろうが、その場合は隣の男が出てくるので最悪の結末が訪れかねない。

即ち、国の〝絶対〟である自分が敗北するという結末が。

(それだけは避けなくてはなりません。僕が敗北すれば、この国は終わる……)

戦わなければ敗北はしないのだ。ここで負けたところで、【龍帝】たる自分さえ敗北していなければ国の威信は守られる。

仮にナメられたなら、帝国にとって不利益なその辺の小国を見せしめとして侵略すれば良い。

(……しかし、全敗は避けたいところです)

だが、これまでの三人と同格の存在が控えているとすれば竜使族で二番目の男でも確実に勝てるとは言い切れない。特にそれが、キーランと同格の存在であれば非常に厳しいだろう。絶対に勝てないとは言わないが、敗北の線が濃厚。

(……くそ)

万事休すか、そう思ったシリルの背後から声がかかった。

「シリル様」

「……爺」

その声は、シリルの護衛についている老執事のもの。

シリルが肩越しに振り返ると、彼は穏やかな瞳で闘技場を眺めていた。

「シリル様——暫しの間、護衛の任を降りさせていただきます。ひいては、その御許可を」

「……彼の血が滾りましたか？」

「それもありますが……聡明なシリル様のことです。分かっておいでは？　この状況の最適解がなんなのかを」

「……」

「……」

「……はあ、仕方ありませんね。僕が出られない以上、これは必然ですか」

「ありがたきお言葉です。では——」

「はい。頑張ってください——お祖父様」

§

闘技場の中心で、凄まじい闘気を放つ青年を眺める。

ヘクター。

俺が【レーグル】で最も信頼している男。彼とは是非とも最後まで共にいたいと思うし、できることなら腹を割って話したいとすら思っている。

それができるのはおそらく神々を打倒した後になるのだろうが……上から目線かもしれないが、それくらい俺は彼に対して期待を抱いている。

そんな彼の目的は、強者との戦闘だ。

彼はそのために国を飛び出して、傭兵を始め、紆余曲折あって【レーグル】に加入した。

俺は、彼に救われている。

彼が何か、大したことをした訳じゃない。しかしだからこそ、俺は救われている。その存在に救われている。

なんだかんだ言って、元々がただの大学生でしかない俺にとって、敬われるのは窮屈なのだ。ステラやエミリーもそうだが、ある程度気楽に接してくれる人物は得難い。

とはいえジルの仮面の問題もあって、全ての人間が気安く接してきても困る。侮られるのは当然許せることではないし、ジルの仮面の問題を考えたらそういう輩は粛清しなければならないからだ。

一定以上の価値を俺に示して初めて、そういう許可を与えるという建前は最低限必要で——ややこしくなってきたな。

「……」

ヘクター。

お前の望みは強者との戦闘だ。そして、俺は是非ともお前には神々に対抗する力をつけてほしい。

俺達の思惑は、一致している。

「アンタが、俺の相手か?」

「ええ」

眼下でヘクターと老執事が向き合い、言葉を交わしている。普通なら聞き取れないだろうが、この肉体のスペックなら普通に聞こえる声。

穏やかな老人だ。

普通に考えて、彼が強いだなんて誰も思わない。事実、観客達は困惑している様子だった。

――だが、一部の者達は闘技場に食い入るような視線を送っている。


そして、それは俺も同じだった。

表面上は退屈そうに頬杖を突いているが、しかし神経を集中させて視線を送っている。

（ヘクター。お前は世界有数の強者だ。だがそれ故に、お前の経験値となれる存在は限られてくる）

突出した個。即ち大陸最強の連中やジル、【熾天】といった連中は初めから桁違いに強い。

けどヘクター。お前はそうじゃない。初めから強い訳ではない。だからお前に最も大事なのは、同格との戦闘という経験値を積み重ねていくこと。

故に、俺は今回の舞台を組み上げた。

この友好試合において、確実にその老人が最後の一人として出てくる流れになると踏み、ヘクターとぶつかるような算段を組み上げたのだ。

（さあ……）

老人の放つ空気が一変し、それを察知したヘクターが僅かに右にズレる。

――刹那、老人の足が放たれた。

それは衝撃波と化して大地を割り、そのまま突き進んで闘技場の壁を粉砕する。しかしそれでも、衝撃波は止まらない。闘技場の先の光景まで、悉《ことごと》くを蹂躙していく。

衝撃波があらゆるものを蹂躙した後に残るのは、破壊し尽くされた闘技場の一角。衝撃波が駆け抜けた大地は完全に削り取られていて、底の見えない崖のよう。

（見せてもらおうか、ヘクター。お前の成長を）

内心でそう零して、服がはち切れんばかりに筋肉の膨れ上がった老人を見る。

老執事。

彼こそが先々代の【龍帝】にして――竜使族の落ちこぼれ。竜使族でありながら竜《ドラゴン》を従える能力を有していなかった彼は、完全に竜使族としては落第者だ。

だがそれ故に、彼は歴代【龍帝】の中でも個体としては最強だ。「能力で従えられないのなら、物理的に竜《ドラゴン》を恐怖で従わせる」「自分自身が竜《ドラゴン》より強ければ問題ない」という脳筋すぎる発想を叩き出し、実際にそれを成し遂げた傑物である。

その肉体は衰えており、全盛期には及ばないが――一時代最強の名は伊達ではない。

今代の大陸最強はどいつもこいつも歴代最強クラスらしく、全盛期であっても彼らには届かないようだが、それでも一時代において大陸最強の名を冠していた男。全盛期には及ばないとはいえ【加護】を使用したヘクターであっても、勝てるか分からない相手だ。

「……おもしれえ」

しかしそんな存在を前にして、ヘクターは楽しそうに身を震わせる。

その顔に浮かぶのは、雰囲気を一変させた老人に負けず劣らず凄絶な笑顔。互いの闘気がぶつかり合い、凄まじい熱波が闘技場を覆い尽くしていく。

「こい、小童ッッッ!!」

「往かせてもらうぞ！　俺の本気でなあ!!」


直後、二人の怪物が激突した。

§

二人の拳が重なり合い、衝突の余波が大地に亀裂を走らせる。

互いに笑みを深めた直後、二人は全く逆の方向に向かって跳んだ。闘技場の壁に足をめり込ませ、次の瞬間には砲弾と化して飛び出す。

そして再び両者の拳が激突する——かと思われた。

「！」

老執事の拳は空を切り、

「シッ！」

上半身を大きく沈めることで老執事の拳を回避し、そのまま懐に飛び込んだヘクターの拳《カウンター》が、老執事の腹に突き刺さる。

轟音が響いた。

狙い澄ました完璧な一撃は、本来の威力を大きく上回る衝撃をもって老執事の肉体を蹂躙せんとする。

——だが、

「温《ぬる》い」

「！」

だがヘクターの拳を腹に受けた老執事は、まるで応えた様子もなく笑い、その足を振り上げた。ヘクターは瞬時にそれをスウェーで回避するも、蹴りによって生じた衝撃波が上空の雲を消し飛ばす。

物理的な攻撃の余波によって天候が変化するという非現実的な光景。それに観客達が大きく騒めくが、埒外な戦闘を繰り広げる両者は気にする様子もなく戦闘を続行する。

「チッ！　効かねえか！」

「効いたとも。だが我輩を倒すには足りんぞ、小童」

振り上げた状態から足の軌道を変化させ、老執事は横薙ぎに足を振るった。鈍い音と共にヘクターの体がL字に曲がり、闘技場の壁に突っ込んでいく。轟音を立て、崩落する壁。周囲を舞う砂塵が視界を遮るも、老執事は腕を振るってそれを消し飛ばした。

「む」

やがて砂塵が晴れると、壁に出来たクレーターの中に埋もれるヘクターの姿が露出する。

敵のそんな姿を見て、しかし老執事の顔に喜びはない。

闘技場の外まで吹き飛ばす算段で蹴りを放った老執事としては、完全に期待外れの状況であるが故に。

だがこうなった理由を、既に老執事は看破していた。

(自ら跳んで我輩の蹴りの直撃を避けたか)

厳密には、本当の意味で直撃を避けることができた訳ではないのだろう。蹴りを受けると同時に衝撃を受け流すことで本来の威力を軽減し、場外へと飛ばされるのを防いだ、といったところか。

「では、次はどうする?」

老執事が首の骨を鳴らした直後だった。

老執事の飛び蹴りが炸裂し、眼前で両腕を交差させたヘクターがそれを受け止める。耳を劈《つんざ》くような音が轟き、衝撃が大地を抉った。

そして渦中の二人の顔に浮かぶのは——肉食獣が如き獰猛《どうもう》な笑み。

「フハッ! そうでなくては張り合いがない」

ヘクターの眼前に、老執事の足が迫る。

老執事の鳩尾《みぞおち》に、ヘクターの膝が突き刺さる。

顔をのけ反らせるヘクターと、口から血の塊を飛ばす老執事。

互いに有効打を与えるが、しかし二人は止まらない。止まる気が、ない。

「ハッ！　そういう爺さんも、元気そうで最高だ‼」

ヘクターが腹を目掛けて肘打ちを放てば、老執事はそれを右手で打ち払う。老執事が左手からフックを繰り出そうとすれば、ヘクターはそれが顎に届く寸前に老執事を前蹴りで遠くに押しのけた。

「小癪！」

そう笑った老執事が大地を蹴り、右の拳を繰り出した、まさにその瞬間。

――ヘクターは額で老執事の拳を受けながら裏拳を放ち、それが老執事の頬を直撃した。

が、
裏拳を受けた老執事の体が錐揉《きりも》みしながら吹き飛んでいく。

（流されたな）

まるで手応えがねえ、と内心で舌を打つヘクター。先程ヘクターがしたことの意趣返しに、老執事はわざと当たって衝撃を受け流したのだろう。

（けど、だからこそおもしれえ！）

故に今度こそダメージを与えるべく、即座にヘクターもその場から跳躍した。

「オラァ！」

「効かんわ！」

ヘクターが拳を放ち、老執事が回転に身を任せた回し蹴りで相殺する。そのまま二人は音を遥かに凌駕する速度で次々と足場を蹴り、拳と足の連撃を繰り出した。二人の軌跡を辿るように、大地と壁が大きく陥没していく。

観客達からは、腹の底から響くような轟音と、次々と形成されていくクレーターしか認識できないだろう。二人の攻防を目で追えている人間は、ほとんど存在しない。国を挙げての御前試合という面では、老執事とヘクターの戦闘は落第なのかもしれない。

だがそんなことは、戦う両者にとってはもはやどうでも良いことだった。

目の前の好敵手と存分に戦うことさえできれば、それで良い。

「強えな、爺さん！　何者《なにもん》だ！　なんで執事やってんだ！」

「この世界にもはや我輩のような老骨は不要！　シリルは我輩より上手く国を治め、ファヴニールの子孫を使役するほどの才能を持っている！　加えて、全盛期の我輩を超える実力をもな！　故に我輩は執事としての《・・・・・》もう一人の人格を作りだし、この世界から身を引いたが――」


――貴様ら小童共の戦いを見て、血が滾った。


そう言って老執事は笑い、ヘクターも同様に笑う。

目の前の敵は同類にして最高の好敵手であると、互いに理解したが故に。

「しかし小童。我輩はまだまだ上がるぞ」

言葉の直後、老執事の大きな手がヘクターの後頭部を掴んだ。マズイ――とヘクターが離脱しようとするよりも早く、老執事はそのままヘクターの顔面を大地に叩きつける。

闘技場の大地全体が大きく割れ、恐ろしく深いクレーターが形成された。

「ごッ……⁉」

「まだだ」

駄目押しとばかりに、老執事は再びヘクターの顔面を持ち上げ大地に叩きつける。先ほど以上の轟音が響くと共に、闘技場──どころか、ドラコ帝国全体が大きく震撼する。建物が倒壊しかねない規模の揺れに観客達が悲鳴をあげ、ヘクターの口から血の塊が吐き出された。

「頑丈だな」

しかし、ヘクターの目は全く死んでいない。

あれだけの衝撃を生身で受けながら目立った外傷はなく、さしもの老執事も驚嘆に値する程の頑丈さを如実に示していた。

「ではもう一度──」

「おおおおおおお‼」

「むっ⁉」

瞬間。ヘクターが拳を大地に振り下ろし、そこを起点に大地が爆発する。巻き上がる砂塵と石飛礫を受け、老執事はヘクターの顔面から手を離してしまう。

その隙を、ヘクターは見逃さない。

「そこだろ！」

「ッ！」

逆立ちの要領でヘクターが足を振り上げ、老執事の顎を蹴り上げる。中空に浮いた老執事の姿を脳裏に浮かべたヘクターは両腕に力を込め、そのまま跳び上がった。

「ここで決めるぜ！」

拳撃の猛攻が、老執事を襲う。

頑丈な肉体を有するヘクターの拳は、攻勢に回ればそれだけで凶器と化す。

次第に老執事の顔に苦悶の表情が浮かび上がり、

「ナメるなッッ！」

「ナメてねぇよ！」

最初の激突の焼き直しかのように、二人の拳が激突した。ドーム状の衝撃波が周囲に拡散し、二人の体が真逆の方向へと吹き飛んでいく。最初の激突の時とは異なり、両者共に背中から闘技場の壁へと叩きつけられた。

「ハア……ハア……」

「……ぐぅ……っ」

ゆっくりと這い出る両者だが、その動きは最初と比べればかなり鈍い。

戦況としては若干、ヘクターの方が劣勢だ。だがしかし、そんなものはどちらにも傾き得る程度の天秤である。故に、老執事の顔にも遊びの類は一切存在しない。鋭い眼光で睨み合う二人の視線が、交錯する。

（教会の連中と接触する前なら、勝てなかったかもしれねえな。全盛期を過ぎた爺さん相手に、このザマ……。分かっちゃいたが、まだまだだよな。俺なんざ）

欠けた歯を地面に吐き捨て、手で口元の血を拭うヘクター。

拭って、まだまだ力が足りないと実感する。

（けど、何かが掴めそうだ……）

自分と同じような戦闘スタイルで同格以上の存在を相手にすることで、ヘクターの中に〝何か〟が蓄積されていく。

それを漠然と感じ取りながら、ヘクターは薄く笑った。


一方で、老執事。

（動きが鈍っているな。それにこの疲労感……シリルから『強敵がいる』という話を聞き、念のために体を叩き起こしていなければ我輩が負けていた可能性もある、か）

彼は、自らの肉体の衰えを痛感していた。

既に、体力はあまり残されていない。まさかここまで、相手が粘るとは思っていなかった。

かつては大陸最強の一角であったこの身が、全盛期と同等のパフォーマンスを発揮できる時間は限られている。それが最初の一撃と、先程ヘクターの顔面を大地に叩きつけた二撃だ。その二撃で戦闘を終わらせる前提で、老執事はヘクターに畳み掛けたつもりだった。

しかし現実として、最初の一撃は回避され、続いての二撃は耐えられた。

間違いなく、目の前の青年はいずれ大陸最強格に成り上がるだろう。そして、そんな青年が主として仰ぐ存在は――

（……上手くやれよ、シリル）

内心で孫の名前を零し、そして老執事は前を見据える。それはヘクターも同様。

目の前の敵を倒す。それ以外のことを考える必要は、ない。

互いに拳を握りしめ、二人は腰を落とす。

二人は、なんとなく分かっていた。

これが、最後の攻防となるだろう、と。

互いの全力がぶつかる最後の機会。

平時であれば、おそらく闘技場どころか周囲一帯が丸ごとが消し飛ぶような激突となるが――今この周囲は、ステラによって結界が張られている。直接結界を破壊しようとするなら別だが、余波であればどうにかしてくれるだろう。全力を出すのに、なんの支障もない。

そう判断したヘクターと老執事は獰猛に笑って、お互いの視線を交錯させた。

「……往くぞ！」

「……来いッ！」

そして二人は同時に大地を蹴り、互いの拳が顔面に突き刺さる。


「ぐおっ！」

「ぐうっ……！」

完全なノーガードでの殴り合い。

それが、両者の出した結論だった。

(俺が避けたら、攻撃を空振ったこの爺さんの体力が無駄に消耗されちまう！　相手の体力が切れたなんて理由で勝っても……先はねえ！　そんなもんに、なんの意味もねえだろうが!!)

(回避や防御といった余計な行動で、無駄に体力を消耗する訳にはいかん！　この小童相手に、そんな不甲斐ない真似ができるものか！　そして何より……シリルに見せて良い背中ではない！　最後まで、最後まで殴り続ける……!!)


二人の理由は異なる。

ヘクターは、全力の老執事を上回ってやるという意地。老執事は、全力をもってヘクターを上回るという意地。各々の意地をもって、両者はノーガードで殴り合いを続けた。

おおよそ人体から鳴ってはいけない音が響き、衝撃で大地が抉られる。余波だけで結界はミシミシと音を立てて軋み、結界を張っているステラが顔を引き攣《つ》らせた。

「うおおおおお――ッッ!!」

「ぬああああああ――ッッ!!」

限界なんぞ、とうの昔に超えている。

もはや技術もクソもない、根性比べだ。

戦闘における格付けという面では、もはや機能していないぶつかり合い。

だが、それでも……否。だからこそ、漢《おとこ》として、決して退く訳にはいかない。

そんな想いを拳に乗せ、二人はただただ殴り合う。


そして。


「……見事だ、ヘクター」

「……素晴らしいです、お祖父様」


彼らが仕えるそれぞれの王が、その口から静かに称賛の声を漏らした。

二人の王の視線の先。そこには、互いの顔面に拳を振り抜いた状態で気絶する、二人の戦士の姿があった。

決して膝を突かず、一歩も退かないその姿に――観客達は思わずといった様子で、盛大な拍手を送っていた。

§

これにて、御前試合は全て終了。

メインイベントとして設定したバベルとの友好試合は散々な結果に終わったが——老執事のおかげで、最悪の状況に陥ることは避けられた。【龍帝】に仕えている執事があれほどの実力を有している以上、それを従えている【龍帝】の実力もまた想像を絶するものであるという認識を成立させることで、【龍帝】の威信は保たれる。

（……普通、小国との友好試合でお祖父様を選出するなんてイジメに等しい行為なんですがね）

大国である自分達に匹敵する戦力を小国が複数人も揃えている訳がないという常識は、もはや完全に打ち破られた。一応は竜使族のナンバーツーを控えさせていたとはいえ、老執事が出てくれたのは、大助かりだったと言う他ないだろう。実力面もそうだが……戦闘スタイルが噛み合ったことにより、素晴らしい戦いを魅せてくれたのだから。

——だが、大国が小国に敗北したという事実は変わらない。

完敗だ、とシリルは思う。御前試合の結果だけでなく、ジルの思惑通りにこちらの思考を誘導させられたという過程も含めて——【龍帝】は、完全なる敗北を喫してしまった。

（反省は後にしましょう。残すところはバベルとの同盟を公の場で締結し、締めという形ですが……）

その前に、老執事とヘクターの救護をすべきだろう。そう思考をまとめたシリルは、ゆっくりと椅子から立ち上がった。

「シリル様。老執事殿とヘクター殿は我々が」

「いえ、僕とファヴニールが直接運びますよ」

「しかし、陛下ともあろう御方が……」

「構いません。というより、我儘を聞いていただいてもよろしいですか？　……あの人は、僕の祖父ですから」

「……失礼。出過ぎた真似をしてしまいました」

「謝罪の必要はありません。貴方は十分、正しいのだから」

ということで、とシリルは横に座っていた人物へ顔を向ける。

「彼……ヘクターさんも僕が運んでよろしいですか？」

「……酔狂だな。良い、許す。貴様のような強者から認められたのであれば、奴も本望だろう」

「警戒されないのですね。僕が彼に何かしないかと、疑われるものかと」

「くだらん論議だ。貴様自身が、それを是としない事は明白。仮に貴様のその姿が演技ならば、この国の末路は決まったも同然よ」

「……ははっ、そうですか」

ふわり、とシリルは客席から身を躍らせるや否や大地に降り立った。

その肩にはいつの間にか、小さな竜《ドラゴン》が乗っている。

「……見事でした、お祖父様。そして、【千人殺し】のヘクター」

視線に敬意を込め、シリルは二人の戦士を見遣った。

考えるべきことは山積している。今回の件に対する反省もそうだが、今後のことを含めて色々と。

だがそれは一旦思考の隅に追いやり、シリルは二人を運ぼうとする。


——その時だった。


「！」

謎の悪寒を抱いたシリルが半身を反らした直後、ザシュッという腑抜けた音と共に彼の肩を〝何か〟が掠める。

その事象を、その意味を認めたシリルは目を見開きながら背後を振り返り、

「そこです」

瞬間。彼の肩に乗っていた相棒《ファヴニール》が動いた。

小さな口から吐き出されるは、その体躯に見合わぬ威力と大きさを伴ったブレスの一撃。放たれしそれは大地を抉り取りながら突き進み、闘技場の一角を結界ごと消し飛ばした。

衝撃が走り、爆音が響く。

危機を察知したシリルの配下達が闘技場に降り立とうとしたが、シリルはそれを制した。

遅れて異常に気がついたのか、観客達がシンと静まり返る。穏やかな表情を浮かべていたジルです

らも、目を細めて事態を観察していた。

「……このまま隠れていられるとでも？」

誰もが硬直し、静観する中、動けるのはシリルのみ。

燃え盛る爆心地へと視線を送り、彼はゆっくりとその口を開いた。

「何者ですか」

直後のことだった。

「残念。直前に気づかれるなんて」

ブワッ、と。爆心地を中心にして、世界を塗り潰すかのように闇が広がる。

闇はそのままシリル達三人を呑み込もうとしたが、しかしシリルは未だ意識を失っている二人を抱えると、軽く身を翻すことで闇を回避した。その回避行動には一切の拙さや迷いがなく、シリルが常日頃から鍛錬を重ねていることが窺える。

そして。


「……驚いたわ」


耳触りの良い声が、闘技場内に響いた。

「竜《ドラゴン》頼りで温室育ちのインテリ系だと思っていたけれど、貴方自身もそれなりには動けるのね。もう少し速度を上げた方が良かったかしら」

ゆっくりと、闇の中から人影が浮かび上がってくる。

「流石は大陸最強格といったところね。油断したつもりはなかったけれど、薄々勘づかれていたみたいだし」

そうして現れたのは、胸元の開いた和服に身を包んだ美少女だった。儚げな雰囲気を纏い、穏やかで友好的な表情すら浮かべている。ともすれば先の一幕とは全くの無関係にすら思えてしまう……そんな美少女だ。しかし少女を見つめるシリルの視線は、恐ろしいまでに冷たい。

「先の御前試合の竜使族をご覧になっていないのでしょうか？　そもそも竜《ドラゴン》頼りでしかない竜使族……なんてのは遥か昔の話ですよ。その遥か昔ですら、戦士は鍛えていましたしね」

「でも、全員が全員鍛えている訳ではないでしょう？　それに何より、貴方は戦士じゃないわ。戦場に立つことはない……王様」

「考え方がズレていますね。確かに僕は戦士ではありませんが、その辺の戦士に後れを取るつもりはありませんよ。味方の士気を上げるため、戦場にだって姿を見せます。王の形は一つではない。自ら定めた王としての在り方がブレていなければ、それで良い。そして何より……戦士でない事は、僕が自らを鍛えない理由にはならない」

「そのようね。大陸有数の強者でも下位程度の実力者であれば、自力で対処できるくらいには鍛えている、といったところかしら。貴方の本気の戦術を考えれば、貴方自身が鍛える意味はあまりないと思うのだけれど」

「どうでしょうね」

「会話を切り捨てられるのは悲しいわ」

「最初に会話を放棄し、こちらを襲撃したのは貴女でしょう？」

「口がよく回るのね」

周囲に漂わせていた闇を収め、少女は薄く微笑んだ。どうやらすぐに仕掛けるつもりはないらしく、殺意や戦意の類も見られない。

（……観客の方々は勿論、近隣住民の方々が避難する時間は確保しなければ）

シリルは背中越しに右手を動かし、配下に向けてサインを送る。

それを受けた配下達は一瞬躊躇う様子を見せたが、すぐに指示に従った。

「良い配下を持っているようね。貴方に従うことが最善だと理解できている」

「ええ、自慢の配下達です」

避難誘導を行う配下達を横目に、なるべく多くの時間を稼ぐべく、シリルは言葉を続けた。

「しかし成る程。腑に落ちましたよ」

「何がかしら？」

「惚けないでいただきたいですね。急に我が国の属国の一つに対して攻勢に出始めた国がありましたが——その裏にいたのは貴女ですね？　人員の分散が目的ですか」

「……凄いわね。そこまで分かるものなの？」

「小国が大国の属国に手を出すこと自体が、通常では考えにくいイレギュラーですからね。こちらが降伏を促しても、まるでそうする気配を見せませんでしたし。……武力で圧倒的に劣る小国が、大国に喧嘩を売る理由は大別して三つ。それだけの力を有したか、度し難い程に愚かなのか……何者かの陰謀が絡んでいるかのいずれかが大半です」

「……」

「イレギュラーには、なんらかの発生原因があります。それを特定するために、情報を多く集めていました」

そして、とシリルは少女を睨む。

「今回の貴女の襲撃で確信できましたよ。あの小国は貴女によって半ば掌握され、動かされる立場にあったのでしょう?」

「結構頑張ったのよ? 大国を相手にするのは、私達でも困難を極めるから。慎重に動いたわ。どこぞのおバカさんは、ほぼ単騎で乗り込んだらしいけれど」

「……魔術大国」

「ふふっ。本当に、凄いわね。情報収集に余念がなくて、きちんと点と点を線で結ぶこともできる。素晴らしいわ」

人類最高峰の頭脳の持ち主という噂、間違いじゃなさそうね……と少女は笑って。

「それにしても、お優しいのね【龍帝】さん。属国にいる人達なんて、別に貴方が守るべき国民ではないでしょう? 属国自身に解決させれば良いのに、あそこまで真剣に動いてあげるだなんて。とても世界征服を考える人間とは思えないわ」

「……支配者として、当然の責務ですよ」

「そう。それはとても素晴らしい心がけね。そんな貴方のおかげで、ドラコ帝国とドラコ帝国の属国は繁栄してきて——魔王様の贄となるに相応しい土壌ができた。たくさんの人間を捧げることで、魔王様もお喜びになるわ」

魔王？　とシリルは目を細めた。そんな存在は、全く聞いたことがない。妄言を口にしている訳ではないのだとしたら……なんらかの隠語だろうか。そんな小難しいものではなく、単に略語の可能性もあるが。

（略語だとすれば魔術の王……あるいは、魔獣の王でしょうか。先程の謎の力の正体が魔術だとすれば、前者の可能性が高そうですが……）

いずれにせよ、少女は「贄」だの「捧げる」だのと物騒な言葉を口にした。とてもではないが、まともな話だとは思えない。

「世界征服。そう、世界征服よ。どうかしら、【龍帝】さん。私達の同志にならない？」

「……何を」

「貴方は強いし、何より賢いわ。私達と一緒に、魔王様のために尽力しましょう？　貴方の能力なら、魔王様もお喜びになると思うの。世界を献上できたら……とても素敵」

「……その過程で、その先で、貴女は何を成そうとしていますか？」

「私？　私は血のお風呂に浸かりたいわ。知ってる？　人間の血って、美肌効果があるのよ」

その言葉を聞いて、シリルの答えは決まった。

もとより少女の話なんぞ聞き入れるつもりはなかったが、これで全てが確定した。

「そうですか。丁重に、お断りさせていただきたいですね」

「そう、なら仕方ないわ。貴方を傀儡《かいらい》にして、武力だけ貰おうかしら。ドラコ帝国も、ここで堕とすわ」

「僕を傀儡にする、ですか。面白い冗談を口にされるんですね。貴女のような人に力を貸すくらいなら、僕は自害を選びますよ」

「自害したくらいで私達のお人形遊びから逃げられるなんて想定しているのなら、貴方の未来は決まったも同然ね」

悠然と両手を広げる少女と、意識を失った二人を巻き込まぬよう、警戒しながらも少しずつ二人から距離を取ろうとするシリル。

老執事とヘクター《老執事とヘクター》
(……自分が大陸最強格であるという過信は禁物)

先の友好試合を総括すれば、情報不足と慢心によって生まれた失態。故に、同じ轍《てつ》を踏む訳にはいかない。

大陸最強の一角の身であろうと、目の前の少女を格上として警戒しなければとシリルは神経を研ぎ澄ませていた。

(敵の勢力は未知数。そして情報がないという事は、弱者である事を意味しない。むしろ、それだけの隠密能力を有している証左)

両者の視線が交錯し、次の瞬間には戦闘が始まる――かと思われた。

「なんちゃって」

少女の狙いは、シリルではない。

「ファヴッ!!」

そのことを察したシリルが足を止め、相棒を肩から解き放った。

その動きを横目に、足元から放出した闇を二人の戦士に向けて放たんと、少女は右手を上げる。

「ありがとう。御前試合なんてくだらない催しをしてくれたおかげで、ドラコ帝国と――雛鳥の勢力。二つの戦力を同時に削ぐことができた。戦争でもないのに気絶するまで死力を尽くすなんて、頭が悪いと思わない？」

「させませんよ！」

あの闇がどんな効力を齎すのか――少女のセリフから察するに、洗脳の類である可能性は高い。いやあるいは、洗脳が優しく思えるような効果を齎すものなのかもしれない。ただ一つ断言できることがあるとすれば、マトモなものではないということ。

そんな得体の知れないものを操る少女の行動を黙って見過ごす程、シリルは愚かではない。

少女の動きを封じるべく、ファヴニールの口から再びブレスが放たれる。

「【呪詛】双頭修羅」

だが、そのブレスの一撃は防がれた。

地面から這い出てきた二つ頭の修羅が巨大な手を用いて、ブレスを真正面から受け止めたからだ。

「余波による被害を気遣った一撃程度であれば……防ぐのは難しくないぞ、大陸最強格」

そして靴底を鳴らしながら一人の美丈夫《びじょうぶ》が現れ、そのまま少女の隣で立ち止まった。少女と同じく、男の方も紫色の和服を纏っており――少女の仲間であることは、シリルが考察するまでもなく明白だった。

「大陸最強格を甘く見ちゃダメよ。私達に死はないけれど、勝利条件は別。こちらの敗北もあり得るわ」

「油断などする訳がない。竜《ドラゴン》を使役するこの国の感知能力、警戒網は優秀だ。我らの下っ端の動員を不可能とする竜使族……その長だぞ」

「そう、油断がないなら安心だわ。無事魔王様に全てを捧げられそうね」

その言葉に、油断しているのはお前ではないか？　という視線を少女に送る男。しかしすぐにその視線を切り、彼はシリルの方へと顔を向ける。

「見事だ」

そして、心から称賛の言葉を送った。

「ドラコ帝国にとっては重要な意味を持ち、国内が騒がしくなる御前試合という大一番。絶大な存在感を有する雛鳥が内部にいるせいで、感知が上手く働かない状況下。魔術大国の件や我々の工作もあって行われた外部への人材派遣。そしてそれらに伴う戦力の分散。これら様々な要因が重なり、警備等が手薄となったこの状況ですら……我々は、ギリギリまで動けなかった。そしてそのギリギリのタイミングですら、こうして見切られてしまっている。……こちらの想定以上に、竜《ドラゴン》の感知能力は高いらしい。そしてそんな竜《ドラゴン》の軍勢が、常に空から国を徘徊し続けている」

そう言って、男は空を見上げる。

男の視線の先では数体の竜《ドラゴン》が、空を雄大に飛んでいた。

ドラコ帝国ではありふれた光景だが――他国の人間からしてみれば、これほど恐ろしい光景もないだろう。ドラコ帝国の民にとっては野良猫のようなものだとしても、他国の人間にからしてみれば猛獣が放し飼いにされているようなものなのだから。

「竜使族、厄介極まるな。特に、貴様が使役する竜《ドラゴン》は別格だ。侮っていたつもりはなかったが……いやそれとも、流石は大陸最強格と称賛すべきか」

そう言って、男は薄く微笑む。

男は、大陸最強格を全く侮ってはいない。人間を逸脱し、【魔王の眷属】の中でも最高位に位置する存在――最高眷属となり、不死と化した今でも。……否、今だからこそ、彼は大陸最強格に対して一種の敬意を抱いていた。

絶対的な不死性と、人類の天敵といっても過言ではない力。これら反則級のアドバンテージを得て、ようやく大陸最強格と伍する。それが示すのは、大陸最強格が規格外であることに他ならないのだから。

「……お褒めに与り、光栄ですね」

一方で、シリル。

彼は、謎の二人を警戒し続けていた。纏う雰囲気や佇まいもそうだが、それ以上に。

（……彼らは本当に、人間なのでしょうか）

こうして目の前にいても、竜《ドラゴン》の生体感知には引っかからないという事実。それが、シリルの警戒心を煽る。

まるで、目の前にいる二人が人形であるかのような感覚だ。その事実に、自然と彼の目は細まっていた。

「彼女はお前を傀儡とし、ドラコ帝国を堕とすと言ったが……正直言って、ドラコ帝国との敵対は我々にとってあまり旨味がない。というより、メリットとデメリットが釣り合わんのだ」

確かに大量の贄は欲しいがな、と男は続けて。

「ドラコ帝国——もとい、竜使族の主な力は、竜《ドラゴン》だ。しかし我々にとって、人間以外の生物を傀儡にするのは中々に骨でな。仮に竜使族を傀儡にしたところで、怒り狂って暴れ回る竜《ドラゴン》だけが残る始末。正直、我々【魔王の眷属】としても手痛い被害を受けるに終わるんだよ。……【龍帝】、お前は大陸最強格だが、その力の大部分はそこの竜《ドラゴン》に依存している。確かにお前自身の実力も決して低くはないのだろうが、お前レベルの実力者であれば小国にも探せばいる。お前個人を傀儡にするのは、はっきり言ってあまり好ましくないんだ。それは他の竜使族にも言えることだな」

だが、と男は続けて。

「そこの老人ほどの逸材であれば話は別だ」

「……」

「『竜《ドラゴン》を使えないのなら、自らが竜《ドラゴン》よりも強くなれば良い。全ての竜《ドラゴン》を力で屈服させられるような実力を有していれば良い』。個人的には理解し難い理屈だが……それを成し遂げた実力は本物だ。雛鳥の勢力を削ぐために傀儡にする予定だったが——ある意味、手間が省けたな。いただくとしようか」

「そうね。いくら【龍帝】と言えども、私達を相手にしながら気絶しているそこの二人を庇い続けられるかしら?」

「……っ」

シリルが歯噛みし、【魔王の眷属】が構える。

どちらの戦況が優勢になるかは火を見るより明らかであり、それを互いに承知しているからこそ両者の表情はまるで真逆。

(しかしそれでも、やるしかありません)

覚悟を決める。

観客達の避難は完了しており、それに配慮する必要はない。

最悪、闘技場そのものを破壊して連中を生き埋めにする。ヘクターと老執事の肉体であれば、気絶した状態でも耐えられるはずだ。ある程度の算段を立て、シリルは迎え打つべくファヴニールに指示を出そうとする。


その時だった。


突如として黒い炎が舞い上がり、男の左腕が焼失する。

「ちっ」

舌を打ち、その場から退く男。

男の腕はすぐさま再生したが、しかしその行動は一時的に阻害されてしまった。

そして。

「自ら前に立つ気概を見せるか、【龍帝】。我が国を見縊《みくび》る節穴と認識していたが……褒めて遣わす」

そして、皆の視線の先。

そこに、一人の青年が現れた。

青年はシリルに対して尊大な口調で言い放つと、その視線を切り替えて。

「だが、貴様達は不愉快だ。羽虫風情でありながら、度が過ぎるぞ【魔王の眷属《道化ども》】。我が忠臣と、その老公を捕らえんとするその不敬……死如きで償えると思うなよ」

銀色の青年は冷たい空気を纏いながら、【魔王の眷属】の二人に言い放った。向けられただけで死を幻視するような視線に射抜かれ、二人は――

「雛鳥本人は動かないでいてくれたら嬉しかったけど、流石に高望みが過ぎたかしらね」

「手足から先に折れ、というご指示だったが……存外、手足を庇う気質の持ち主らしい。さて、どうすべきか」

「撤退はないんじゃない？　ドラコ帝国も雛鳥の勢力も、ここで終わらせれば良いだけじゃないかしら。他にも手足はいるようだけれど、雛鳥が先に出てきたんならここで終わらせましょう？」

「……一理あるな」

――二人は、余裕の態度を崩さない。

「【魔王の眷属】最高眷属が一人、ジャーベ」

「同じく最高眷属が一人、リファ」

「足掻くか、下郎ども」

「ファヴ」

順番に名乗りを上げ、ジャーベとリファが体から闇を放出する。

その様子を見たジルから威圧感が立ち昇り、空間が軋みを上げていく。

シリルの言葉に呼応するかのようにファヴニールが地響きを鳴らしながら巨大化し、闘技場の三分の一をその体躯で埋め尽くす。

「サンジェルは無様にやられちゃったらしいけど、私達はどうかしらね」

「あの男は下も下であると同時に、派遣先が魔術大国だ。元より、捨て駒だったのだろう」

「それはそうかもね」

ジャーベがシリルと向かい合い、リファがジルに流し目を送った。

「仮にも我が国と同盟を結ぶ国が、滅亡などという無様な真似を晒してくれるなよ」

「当然です。【龍帝】を侮らないでいただきたい」

「ふん。ならば一つだけ、貴様に助言をくれてやる。――空が紅く染まれば、何がなんでも闇に触れるな。空が紅く染まってなくとも、闇に呑まれれば即座に脱する事だ」

「……分かりました」

ジルが目を細め、顎を軽く上げる。

シリルはファヴニールの背に老執事とヘクターを抱えて飛び乗り、全体を俯瞰するようにして眼下を見下ろした。

「話は終わった？」

「おっと、優しいですね。僕達の会話を待ってくれるだなんて」

「遺言を残す時間くらいはあげるわ」

「それはそれは」

「……くだらん雑談はもう良いだろう。……【龍帝】、お前は魔王様の供物となってくれ」

瞬間。ジャーベが闇を放ち、宙へと飛翔したファヴニールがそれを回避する。そこへ追い討ちをかけるように、リファもシリルへ向けて闇を放たんとする。

が、

「私を放置とは、何様のつもりだ？　小娘」

「魔王様にお仕えする者様のつもりかしらね」

が、リファの攻撃は不発に終わる。

リファの懐に飛び込んできたジルの蹴りが、頭を守ったリファの右腕をへし折ったからだ。

（速い。そして、馬鹿げた力だわ。魔力による身体強化で、ここまでのものを……）

表情には出さないが、内心で大きく驚愕するリファ。腕はすぐに元の状態に戻せるが、こんなバケモノじみた身体能力を有する人間と近接戦を続けて得することは、一切存在しない。

（中遠距離に徹するべきだけど、闘技場じゃ狭すぎる。一度ここを出るのが吉ね）

思考をまとめたリファの行動は早かった。

跳躍して客席へと飛び移ると、更に大きく跳躍して壁を飛び越え、外へと脱出する。

「……」

一方で、ジル。

彼は遠くなるリファの姿を見送り、静かに呟いた。

「加減したとはいえ、防いだか。成る程、確かにサンジェル《道化》よりは動けるらしい。……だが、所詮は無駄な足掻きだ」

背後でシリルとジャーベの激突が起こり、闘技場の地面をせり上げるような爆炎が舞い上がるが
——それを涼風のように受け流し、ジルはリファを追うように跳躍した。

§

「……避難誘導も優れているようね。竜《ドラゴン》を使役できるって、本当に便利そうだわ」

闘技場の外に出て潜んだリファは、静まり返った市街地を見て目を細める。

辺りに人気《ひとけ》はなく、物音すら聞こえてこない。逃げ遅れてこの都市に残っている住民は、既に存在しないのだろう。

(まあさっきの発言は【龍帝】を逃さないための方便で、今回はドラコ帝国の民を生贄に捧げるつもりはないから別に構わない訳だけれど……)

私個人としては魔王様のためにも大国を堕としたかったたな、とリファは内心で言葉を零す。

零して、視界に銀髪の青年の姿が映った。こちらを探るように、細めた目で周囲を見回している。

（……さて。どう攻めようかしら。ああは言ったけど、おそらく雛鳥本人は難敵だわ。ジャーベが老人と雛鳥の手足を堕としたら、撤退に移るのが合理的。だから、それまでの時間稼ぎを――）

気配は消していて、姿も見せていない。

シリルの時以上に不意打ちが難しい状況だが、それでも普通に攻め立てるよりは確実だとリファは判断して――

「そこか」

判断して、すぐさまリファは実体に戻り、先程まで自身が潜んでいた場所に飛んできた赤雷《せきらい》を避けた。

「貴様は建築物や人間の影に潜む能力を有しているらしい。貴様がこの国に潜り込めたのも、それを利用しての事だろう？　長々と講釈を垂れていたのも、全てはシリルの思考を惑わせるためのフェイクに過ぎん」

「……これはちょっと予想外」

まさか一回で見破られるとは、とリファは内心で舌を巻いた。

しかしそれを表情には見せることなく、彼女は口を開く。

「……雛鳥。貴方がサンジェルを殺したとは聞いたけれど、彼はお情けで最高眷属にいたようなもの。私の不死を、貴方が突破できることはないわ。ほら、右腕がもう元に戻っているでしょう？」

見せびらかすように、リファは右腕を覆う袖を捲った。白磁のように白く、触れるだけで壊れてしまいそうな細い右腕を露出させ——ジルが無言で指を鳴らし、次の瞬間には黒炎がリファの肉体を包み込む。

「ごたくは不要。貴様は雑談をしに私の前に姿を見せたのか？」

炎に包まれるリファの肉体。ボロボロとなって崩れ落ちるようなシルエットが浮かび上がり——しかし次の瞬間には、白い手が黒炎の中から飛び出してきた。続いて足や顔が露出し、最終的には無傷のリファが現れる。

「せっかちね。余裕のない男性はモテないわ。それに、乙女の肌を焼くのも良くないわね。燃やすのが有効打と考えたのは分かるけど……灰になって水で流されても元に戻るから、あまり意味ないの。魔王様への忠義を測るためって名目で、サンジェル相手に試したことがあるわ」

「……くだらんな」

「あら」

顔色を変えないジルに対し、感心するリファ。

その辺の犯罪者や賞金首でも今の言葉を聞けば顔色を悪くするのだが、と。

（そういった行為に対する耐性がある……見込みがあるわね。顔や声もタイプだし、雛鳥を勧誘するのがダメとも言われていない……。構わないかしら？）

そんなことを考えるリファは知る由もないが、ジルは内心で普通にドン引きしている。あくまでも、それを表に出さないように徹底しているだけでしかないのだ。

「……どうした、下郎。ネタ切れならば疾《と》く申すが良い。これ以上は踊れぬと言うならば、幕引きと――」

「――貴方とそのお仲間達には特別な対応を、と【伝道師】は言っていたの」

ジルの言葉を遮るかのように、リファは歌うように言葉を紡ぐ。

確か【呪詛】が効かないのよね？　と彼女は薄く笑みを浮かべて。

「だから新しく……この力を授かった」

瞬間、大地を突き破って幾多もの骨の手が顕現した。

それらは一斉にジルの足首を、腰を、太腿を掴み取る。

そしてそのまま、ジルの体を地面に組み伏せようとして、

「すごいすごい。そもそもそれの握力は、人間如きが耐えられる強さじゃないのに。肉体を握り潰せないどころか、組み伏せることもできないなんて」

組み伏せようとして、ジルの肉体は微動だにしなかった。

むしろ、ジルを取り押さえている骨の手の方が軋みをあげている始末だ。

その事実に、思わずリファは笑ってしまっていた。

手を叩き、心の底から称賛する。

目の前の青年は――魔王様に仕えるに相応しい、と。

「どうかしら。貴方も私達の同志にならない？　貴方には資格があると思うわ」

右の手を差し伸べ、ジルへと問いかけるリファ。

しかしそんなリファに対するジルの反応は、

「……」

ジルの反応は、氷のように冷たい視線だった。

絶対零度の視線でリファの体を射抜くことで、暗に質問への答えを示している。

当然、その意図を読み取れぬリファではない。

「……私は無視をされるのが嫌いだわ。でも、貴方みたいに自分の力に驕っている人間が咽《むせ》び泣く姿は嫌いじゃないの。……どうする？」

表情を変えぬまま、リファは再び問いかける。問いかけるが、ジルの答えは変わらない。

「……そう。確かに、貴方は強いわね。でも、魔力による身体能力の強化には限度があるって彼女は言っていたわ。その強がりは、どこまで保つのかしら」

右手を差し出した姿勢はそのままに、リファは何かを潰すような感覚で拳を握った。

それと連動するかのように、ジルを抑え込む骨の力が増していく。

「だからもっと力を込めれば――……？」

言葉の途中で、リファは首を傾げる。

全く、全く骨の手を通じて得られる感覚が変わらないのだ。

これはそう……まるで、非力な人間だった頃に岩を掴んだ時のような感覚――

「なに、これ……」

「……やはり、くだらんな。サンジェル《アレ》よりは動けるかと遊んでみたが、誤差の範疇でしかない」

「……なにが、なにが……」

「無知蒙昧な貴様に、一度だけ教えてやろう」

呆れたといった表情を貼り付け、ジルが非情な現実を言い放つ。

「――私はまだ、魔力による身体強化をしておらん」

え？　とリファが思わず言葉を漏らした直後だった。

「刮目し、そして理解すると良い。これが魔力による身体強化であるとな」


――瞬間、ジルを拘束していた骨の手が弾け飛ぶ。


弾け飛んだ骨の手はリファの動体視力で追える速度を遥かに超越する速さで肉体を貫き、思わずバランスを崩してしまった彼女の体が倒れ込んだ。

「あり、得ない……」

肉体は元に戻ったにも拘らず、リファはふらついた様子で立ち上がる。いつの日ぶりかの恐怖を抱いたが故か、彼女の声はどこか震えてすらいた。

「も、もう良いわ。意思がない人形として、貴方を飼えば良いのよ！」

闇が大地を侵食し、世界が紅く染まる。

闇はそのままジルの肉体を呑み込み、それを見たリファは小さく呟いた。

【呪詛】羅刹変容
人間に対する絶対的な力。

最高眷属である私が用いたこれに抗うなんてことは大陸最強格にだって不可能のはずだ。自分に言い聞かせるように内心でそう繰り返し、繰り返し、繰り返し――

「終わりか?」

闇の中から黄金の輝きが溢れ出したと思った直後には、闇が吹き飛ばされていた。

「! ま、まだ。まだ終わってはいない……!」

骨の鎧を纏うように展開し――瞬時に目の前まで肉薄していたジルの前蹴りによって一撃で粉砕されてしまう。

「終わりか?」

顔を引き攣らせるリファに、ジルはどこまでも冷酷に告げる。

「つまらん。芸がないのであれば……冥府へ堕ちろ、不敬者が」

瞬間、ジルの背後で上空を貫くような火柱が発生する一撃が放たれ――同時に、黄金の光がリファを呑み込んだ。

§

ジルとリファが闘技場を飛び出してからも、シリルとジャーベの戦闘は続いていた。

中空からシリルが絨毯爆撃を仕掛け、それをジャーベが凌ぐという状況。

(……やりづらいですね)

あの闇。ジルの話を信じるならば、おそらく呑み込まれた瞬間にこちらの敗北が確定する類のものなのだろう。

その攻撃範囲を測りながら、安全圏から攻撃し続けているのが現状な訳だが――

「どうした大陸最強格。その程度か」

――現状な訳だが、こちらの攻撃が一切通用しない。いや、というより死んでいないとおかしいにも拘わらず死なないのだ。半身が消し飛ぼうがお構いなしに行動し、いつの間にか全身が再構築されている。

こちらの攻撃は一切通用せず、向こうの攻撃は一撃必殺。その事実に、シリルは思わず目を細めていた。

(まあカラクリはあるのでしょうが……)

厄介だ、と素直にシリルはそう思った。

正規の手段では対処できないと、その事実を認める。

ジルとのボードゲームと同じく、千日手に近い現状。


しかし、それも終わりを迎える。

これまでとは比較にならない規模のブレスが闘技場ごと周囲を破壊し、火柱が天を貫いた。

爆炎が周囲を包み込み、轟音が世界を揺らす。

されどそれらが晴れた先に、当然のようにジャーベは立っていた。

ブレスによる攻撃を止め、眼下を見下ろすシリル。その姿を見て、シリルが諦めたと思ったであろうジャーベが口を開いた。

「諦めたのであれば、抵抗をやめると良い。魔王様に自ら身を捧げる。それだけで良いのだから」

「いえ、必要がなくなっただけですよ。貴方達はここで殺します」

「……殺す、だと？　我らに死は存在しない。お前に永久に持久戦を申し込むだけで、勝利は確定する」

ジャーベが眉を顰《ひそ》め、シリルの言葉の意味を咀嚼する。

その様子を見ながら、シリルは淡々と告げた。

「笑わせないでください。貴方達とジルの会話から想像するに、相互間の認識が成立しているようだ。貴方達は不死を謳い、操る力は人間の天敵のようですが……それと相対して生きている彼の存在が、貴方達は決して攻略不可能なものの類でないと実証してくれているでしょう？」

「……」

「別に、僕が貴方を殺す手段をこの場で生み出しても構いませんでしたが……まあ、確実性に欠きますからね。今回はデータの取得に努めましたよ」

「……ま」

「そして、ジルは終わっているようですね？」

「！」

勢いよく振り返ったジャーベが目にしたのは、こちらを悠然と見下ろす銀髪の青年。

冷や汗をかくジャーベに向け、シリルは冷たく宣告する。

「持久戦で勝利が確定する……なんて、そんな訳がないでしょう？　貴方の持ち時間は、とっくに切れている」

ファヴニールによるブレスの一撃と、ジルの魔術。それらに紛れ込ませるようにして放たれた黄金の光が――ジャーベを絶やした。

§

「……ふう。負けちゃったわね。彼・が得意とする他個体の作成と意識の同期……教えて貰ったけど、私には難しすぎるわ。本体である私は眠っていないと使えないし、距離を離しすぎると操作もできない。彼の劣化版とも呼べないわね」

ドラコ帝国から少し離れた地にある林の中。

外からは中の様子が見えないその地で、リファは自身の身を起こす。

【伝道師】に強化された私が遠隔操作していた〝私〟では歯が立たなかった……。でも私自身が相

手をすれば勝てる、なんて自惚れるつもりはないわ）

ドラコ帝国内での出来事を思い返しながら、彼女は考える。

アレは、自分如きでは手に負えない存在だ。

仮に奥の手を切ったところで、勝ち目なんて存在しない。そんな規格外の存在だ。人間を辞め、不死となったはずの自分達を殺す手段がある時点で、手を出してはいけない類でしかない。

だが自分にはあって、あのバケモノにはないものも存在する。

（……そうね。彼が老衰した時に、また会いに行けば良いわ。他人を若返らせる手段だってあるのだから、その時に彼を飼いましょう）

寿命。

不老不死となった自分と違い、彼は一応は人間にカテゴライズされる生き物である。ならば、持久戦を仕掛けてやれば良いだけだ。

（私達にとって、百年も二百年もそこまで長くはない。貴方と違って、ね）

今はただ、逃げ続ければ良い。

その結果、最後に笑っているのは、こちらなのだから。

「とりあえず、逃げましょうか」

そして歩き始めた瞬間、リファの右足が消失した。

「……え？」

呆然とした様子で、リファの体が倒れ込む。

何が起きたのか分からないと思った直後、リファは足だけではなく【伝道師】との繋がりまでもが消失していることに気づいた。

(何が、何が何が何が何が何が何が何が――?)

そして。

「うんうん。やっぱりカッコ良かった。惚れ惚れするとはまさにこのことだよね。ね。ね」

林の中から、一人の少女が現れる。

まるでピクニックにやってきた一般人のような雰囲気を纏って、軽快で楽しげな声を響かせながら
――バケモノが現れる。

「ちょーっと不愉快なこともあったけど、それは今から清算するから問題なし! これで気持ち良く、今日の思い出を残せそう!」

そうして現れた少女――即ち、リファを斬りつけた存在の正体は、肩と腋《わき》が見える振袖のような服に身を包んだ美少女だった。

その少女のことを、リファは知っている。知っているが、だからこそ理解できない。

(なんで、彼女がこんなことを……? なんで、なんで?)

疑問が脳内を埋め尽くす。

埋め尽くすが、状況は待ってくれない。

「――だから、ここで死んで」

逃げなければ、とリファは思った。

しかしその思考を読まれたのか、今度は左足が消失する。

不死性によって肉体は再生するはずなのに、何故か再生してくれない。

焦燥と、ないはずなのに感じてしまう痛み。

自然と呼吸は荒くなり、少女はそれを不愉快に思ったのか右手も消失してしまった。もはや、呻き声を漏らすことしかできない。

「ねえ、さっきあの人に向かって面白いことを言っていたよね。ね。ね」

「あっぎイっ……」

「色目を使うなんて、許せないよね。ね。ね？」

少女は光の消えた目で、みっともなく地を這いずるリファを眺める。眺めて、言った。

「お仕置きしないと」

§

骸《むくろ》を依り代にしてエーヴィヒが現れたら俺の計画が完全に破綻するため、俺は念入りに、念入りに【魔王の眷属】を消し飛ばしておいた。

シリルと同時に攻撃したことで、一応は誤魔化せたはず。力の異質性自体に気づくのはシリル——というより彼の相棒の竜《ドラゴン》くらいだろうが、それも所詮野生の勘の域を出ないもの。

よって、俺の実力はシリル以外にはバレていない。

まあ万が一バレていたところでどうなるのかは、【魔王の眷属】を倒したことを報告した際の歓声が全てを物語っているが。

（ヘイト管理の大切さが改めて分かる）

人間というものは、共通の敵を打倒すれば連帯感が生まれるものである。今回で言えば【魔王の眷属】は非常に良い仕事をしてくれたかもしれない。

まあ、俺のヘクターに向けて【呪詛】を使ったことは非常に腹立たしいが。

（【加護】も元々は【神の力】だったおかげで、【呪詛】に対する耐性はあるだろうが……）

流石に実験する気にはなれん。

（それにしても、エーヴィヒは強者を集めつつ、俺の手足を削ぐ方針なのだろうか）

だとしたら、今後も気をつけねばならん。正直、連中は相性ゲームの性質が強すぎる。誰でも可能な攻略方法を見つけられるのが最善ではあるが――あれほどの技術を創造するだけあって、流石に手強いと言えた。

（まあ現状は情報が足りないからな。頭の片隅には入れておくとして……とりあえずは、目的を果たせたことを喜ぶとしよう）

今回の件で、ドラコ帝国の民衆に俺達の存在は深く刻み込まれた。

多少なりとも、俺に対して畏敬の念を抱く存在は生まれただろう。立ち去る際に周囲に視線を巡らせたが、堂々たる俺の姿から目を離せない者は一定数存在していた。

【レーグル】による快進撃に加え、それを従える俺という存在を堂々と晒す。畏怖や畏敬がやがては信仰に育つと考えれば、今回の目論見は大成功。

更にこの種が芽吹くことで、竜使族に虐げられていた者達の一部は俺の国への移住なんかも希望するはず。そうすれば俺に対する強い信仰が集まり、必然的に俺の能力は向上する。

(……数日後が楽しみだ)

帝国を立ち去りながら、俺は内心でほくそ笑む。

俺の配下が【龍帝】の配下を下したことにより、【龍帝】の持つ戦力に対して向けられていた畏敬の念はそのまま俺の配下に、そしてその配下を従える俺へと向けられる。

全て、全てが計算通り。

原作知識という絶対的なアドバンテージと、人間なら誰もが持つであろう常識による先入観。そして、ジルというダークホース。

これらを総動員して隙を突けば、人類最高峰の頭脳を有するシリル相手でも、一度は上回れる。

(シリルは俺のことを同格かそれ以上の頭脳派と認識しただろうが……残念ながら、それはない。ジルの頭脳そのものはシリルと同格だが、操っているのは俺だからなあ)


所詮、ハッタリだ。

向こうは互いにある程度の余力を残した状態で策を巡らせたと考えているだろうが、俺は全力の全力をぶつけた。原作知識による隙を突く初見殺しなんて、誰が予想できるものか。

更には一度しか使えない伏せ札を複数切った以上、今後も通用する訳ではない。

おそらく、次にシリルを上回るのはかなり骨が折れるだろう。それこそもしかしたら、上回れないかもしれないが――問題ない。

一度でも上回ったという事実が大事だ。今回完全に上回ったことで向こうが勝手に俺を多方面から警戒してくる以上、激突することがそもそもあるまい。

ようは、勝ち逃げ作戦である。それも向こうが警戒して勝負を挑んでこない形であり、俺が勝負から逃げている訳ではないのでなんの問題もない。俺がナンバーワンだ。

「えー。帝国の観光したかったー」

「口を慎めよステラ。ジル様が帰国すると仰ったのならば、即座に帰国するのが従者の務めだ」

ごねるステラの首根っこを掴んで引っ張るキーランを尻目に、俺は足を進める。

(順調、順調だ……！)

そして勿論、この地の近辺に眠る【神の力】も入手した。帝国は複数の小国や民族を支配して成り上がった国という性質上、複数の【神の力】が眠っているため非常にオイシイ国である。

そしてこの大国の起源が「力を持った民族による進軍と略奪」という性質だからか、そもそも【神の力】を把握していない。

ようは、歴史の陰に葬り去られたというやつである。元々この辺を支配していた国の王族だとかは、全て死んだからだろうか。

国のトップであるシリルでさえ【神の力】に関してはほとんど無知という時点でお察しだ。いやむしろ、民族の長たる【龍帝】だからこそ無知にならざるを得なかったというべきか。

【人類最強】を擁する大国が【神の力】を研究しているという情報を得ていればある程度調べるだろうが、あの国は元から魔術大国以外とは交流を持っていないが故に、シリルが得られる情報はほぼ皆無。よって、その線から【神の力】に関する情報を得ることはできない。

まあ仮に【神の力】の情報を得たとしても、神という存在に対して猜疑《さいぎ》的なシリルは乗り気にはならないかもしれないが。

どちらかというとシリルは、神々の存在を嫌う側だ。世界の在り方にすら、疑問を覚えている。

（いずれにせよ、舞台は整った。精々胡座《あぐら》をかいているが良い、神々。俺は、お前達を確実に殲滅する……！）

だがまずは、他国の人間を歓待するための準備を始めるとしよう。

俺なりの歓待の準備を、な。

内心で冷笑を浮かべ、俺は足を進めようとして。

「ぐぬぬ……まあ仕方ないか。諦めるよ」

拗ねたような表情を浮かべるステラの姿を目にし、足を止める。

思えばヘクターやセオドアには前回留守番を任せたし、ステラには魔術大国で世話になった。……少しくらい、彼らが楽しめるような時間を作ってもバチは当たらないだろう。

（……観光か）

「成果に見合った褒賞をやるのも王の務め……か。ふん、良いだろう。少しばかり、この地を巡るとしよう」

「え！　本当！　やった！　ありがとう！」

「ジル様が仰るならば。この身はどこまでもお供します」

「俺も構わねえぜ」

「私だけ帰宅したところで、待っているのはあの光景か……？　……ジル殿、私も同行させていただきたい」

「大国を見て回るのは初めてだから、結構新鮮な気がするな」

俺にとっては異国どころか異世界である。新鮮なんてレベルではない。特に俺としては、この国でしか食すことのできない料理を堪能したいところだ。

はしゃぐステラの後を追うように出店を見て回ったり、竜《ドラゴン》の子供と触れ合ったりと、それなりに観光を楽しむのであった。

ドラコ帝国編エピローグ

城の一角で、シリルは額を押さえながら思考を巡らせる。

(……何故、僕に何も要求しない?)

あの後、自分達は同盟を結んだ。

だが、向こうからの要求らしい要求は何一つなかったのである。これでは本当に、ただの同盟だ。

こちらは完膚なきまで叩きのめされたというのに、こんなことがあるのだろうか。

(振り返ってみても、反省点が多すぎる真似を晒した……なのに、そこを突かないのは何故だ)

老執事とヘクターの激突により、大国としての最低限の威信は保たれただろうが——先の友好試合は、完敗というほかなかった。

(……小国と大国のパワーバランスは凄まじい。結果論でしかないですが、もしもバベルと戦争をしたのであればこのような結果にはならなかったでしょう。偽神《ジル》という分かりやすく最強な鬼札だけを警戒しすぎた、こちらの采配ミス。……こちらの思考を誘導するよう、全て計算尽くで振る舞っていたのでしょうね。まさか自分自身の埒外の実力さえ、僕を欺くための囮にしてくるとは……)

小国なんぞ大国と比較すれば大したことはないという常識と、大陸最強をも超越する絶対者《ジル》の存在。

この二つの情報を上手い具合に開示することで、ジルはシリルの思考を縛ってみせたのだ。

（ジルを抜きにした戦争であれば勝てるが、戦争になった時にジルが出てこないなんて状況はあり得ない。故に、僕の唯一の勝ち筋はジルが戦闘の舞台に立たない状況で真正面からぶつかり、勝利する事——そう思うように、思考を誘導されていた）

ジルとしても大国との戦争自体は避けたかったのだろう、とシリルは思う。何せ、仮にジルが生き残ったとしても、国が滅べば王としてのジルは敗北しているに等しいのだから。そしてそうなれば、ジルの視点だと「試合に勝って勝負に負けた」という結果に終わってしまう。

自分に絶対的な自信を有し、なおかつプライド高いジルとしては——個人としてだけではなく、王としても勝利を収めて、こちらの上を行く策を練ったのだろう、とシリルは結論を出していた。

（プライドが高かったり、自分を崇めさせたりといった状況から、ジルはスタンドプレイを好むと予想していましたが……国全体の利益も見据えていたとは。僕の敗因は、決して情報不足だけではない。愚かな焦りと……完全なる慢心）

だからこそ、分からない。

実質的に自分達はかの小国に完敗していて、その気になれば大抵のことは要求できたはずなのに。あの王は、何一つ要求してこなかった。国益を考える人間であることが分かったからこそ、要求らしい要求がないことが不気味で仕方がない。

（分かりません。何が狙いなのですか？　まさか本当に、同盟が目的……？　大国と対等の立場を得る事だけが、目的だったとでも？）

いやそんなはずはない、とシリルは頭を横に振る。その程度で収まる器でないことは把握している。にも拘わらず何も要求してこないからこそ、全く意味が分からないのだ。

（あれほど個性的な集団をまとめあげるカリスマ性の持ち主。【粛然の処刑人】に、魔術大国の少女。セオドアという研究者に、【千人殺し】のヘクター。そして半裸の集団……）

あの王が従えるのは、個性派集団という言葉すら生温い様々な価値観を有した狂人達。

普通に考えれば空中分解するに決まっているのに、何故か彼らは集団として成立している。

（様々な意味で強力な個を複数、それもそれぞれの個性や価値観を一切封殺させる事なく従えるなど、正気の沙汰とは思えません。思えませんが、現実問題それを成していると話は別です。真に王に忠誠を誓いながら力を持つ兵士は、間違いなく強力ですからね……）

まるでかつての帝国と真逆だな、とシリルは自嘲する。ジルの国は、個性豊かだ。豊かすぎるとは思うが、良く言えば多様性に富んだ国である。

自分達のように、他の民族や価値観を力で捻じ伏せていた歴史を持つ国とは大違――

（――まさか）

ぞくっ、とシリルは背筋が凍りつくのを感じた。

ジルの国は多様性に富んだ国家だ。まさしく、多民族国家としての理想郷と言えるかもしれない。あれほどまでに何もかもを受け入れる国など、世界中どこを探してもありはしないと断言できる。

竜使族とて、最初は少数民族ということもあって排他もしくは利用される側だったのに、立場が逆転すれば他者を蹂躙してきたのだから。

（まさかまさかまさかまさかまさかまさかまさかまさかまさかまさかまさかまさか）

そしてそうなると、一つの仮説が生まれる。生まれてしまう。

当たり前の話だが、人間の価値観や常識というものは生まれ育った環境で大きく異なる。世界中の人間全てが同じ価値観を持つなんてことはあり得ないし、あり得ないが故に支配する側とされる側という関係さえも生まれる。

（そしてそうであるが故に、全てを受け入れるというのは……）

もしもこれが奴の狙い通りだとすれば、それはとんでもない事態ではないかとシリルは目を見開く。

（一体、どこまで読んでいたというのですか……ッ!?）

ジルの狙い。それは。

（全て、全て計算のうちだったとでも……!?）

誰もが受け入れられるというお伽話のような世界。

それは、虐げられてきた過去を持つ民族の目にはどう映る？


——答えは単純、理想郷だ。


少数であるが故に弾圧されてきた者達にとって、少数派ですらきちんと受け入れてくれる国は魅力的に違いない。

勿論、全員が全員そう感じる訳ではないだろう。何人かの人間は自分や配下のように気味が悪いと思うに違いない。

しかしそれでも世界的に見て少数派すぎる半裸の集団を抱えている点と、魔術大国の少女すら受け入れている事実はアピールとして機能する。元々帝国に対して嫌悪感を抱いていた以上半数くらいであれば取り込める可能性は高く、それだけ取り込めたのであれば十分すぎる成果だ。

(半裸の集団以上に、世界的に見て少数的な価値観を有する集団もそうそうない……！　そういう、そういう事ですか……！)

まさしく神算鬼謀の持ち主、とシリルの顔が青褪める。

半裸の集団をそういう意図を持って生み出したなど、一体この世界の誰が想像できる？　一体あの男は、どこまで見据えているというのだ？

全て、全て掌の上だったのか？

(なんと、いう……このような形で、国益を……)

武力ではなく、宗教面での支配とはこういうことかとシリルは机に手を叩きつけた。

竜使族を打倒した戦力を有することは、間違いなく帝国に住む他民族の一部に広がっている。であれば彼らはジルの国を目指し、そして半裸の集団を見ることになるだろう。

そうなれば、後はジルの思うままだ。

半裸の集団を当たり前のように受け入れている国であれば、自分達も受け入れられるに違いないと涙を流す連中の姿が目に浮かぶ。

(……終わり、ですね)

ジルが、特に何も要求してこなかった理由も掴めた。

ジルにとって必要な人材は全て、引き抜き終えたに等しいのだ。そして不必要な人材は、シリルの手にこれまで通り手綱を握らせておく。

あえて敵国の長を殺さず、放し飼いにするのと似たような理屈。面倒事は全て、シリルに押し付けようという魂胆。

一体どこまで見ていた？　とシリルは自嘲気味に笑って、天井を見上げる。

その顔には、ただただ諦観の色が浮かんでいた。

§

【魔王の眷属】の最高眷属が一人、レーヴェン。

彼女は現在、地に伏していた。

(な、ぜ……⁉)

全くもって理解不能だった。

とある大国に忍び込み、そこで【人類最強】を傀儡にする手はずだった。

如何に【人類最強】と呼ばれる存在であろうと、人類を超越している自分なら不可能ではないはず──そう思っていたからこそ、彼女にとって今の現実は受け入れ難いものだった。

「試験結果はどうだ？」

「まだ馴染まないな。しかし成る程。これが【■■■】を取り込むということか」

「そうか。直接取り込むことが不可能ということで【■■■■】を介するという発想は、悪くなかったようだな」

「だがこれは、自分以外には不可能な方法だ。汎用性はない」

「構うものか。【人類最強】のお前が更なる進化を遂げた、これが重要なんだ。——お前が完成すれば、もはや他の大国なんて相手にならない」

　何故、自分は地に伏している？

　何故、千切り取られた腕が再生しない？

　何故、何故自分の力が通用しない……!?

　何より、

（なにを、なにを言っている……!?）

　目の前の会話が全くもって理解できない。所々ノイズが混じって聞き取れない単語が、彼女に焦燥感を抱かせる。

　だがしかし、彼らが自分を実験動物扱いしていることだけは分かる。少し離れた場所に転がった自分の腕を興味深そうに眺めていた二人組は、その無機質な視線を再度こちらに向けてきた。

　それは——

「【氷の魔女】が暴れたおかげで、糸口が掴めた。あれは非常に、非常に良いタイミングだった【■■■】の解析を進めていたところで——」

それは、非常に屈辱tgwmdzzz

「面白い話をしているじゃないか。そしてその〝力〟……あの男が用いていた力に近い波動を感じるな？　さあ、俺様にも教えてくれよ。それにしてもどうやらあの男への突破口、思っていたより早くに掴めそうだぞ」

紅色の髪の青年、エーヴィヒの降誕。それを見ても【人類最強】と称される青年の表情は揺るがない。

そのことを少しばかり訝しんだエーヴィヒだが、しかし表に出さず虚空に血槍を装填する。

「……」

「フム……何やら状況が変わったが。――結果は変わらない。やれ、【人類最強】。そして、何も伝えるな」

人知れず、世界を一変させる衝突が始まった。

§

「はは……」

血の塊を口から吐き出しながら、エーヴィヒは笑う。声は掠れているが、しかしその声音は愉快そうだった。

負け惜しみでもなんでもなく、彼はこの状況を楽しんでいる。

「やはり、通じんか。だがその力の扱い方がぞんざいなおかげで、見えたものはある……」

瓦礫の山だった。

「成る程、成る程な……」

地面が陥没しているだとか、壁に亀裂が走っているだとか、もはやそういう次元ではない。文字通り、この小さな空間は破壊し尽くされたのだ。絨毯爆撃でも起きたかのような世界は、二人の超越者による激突の戦闘痕。

そんな中。

地下空間だった場所に広がる光景は、この場で凄絶な戦闘があったことを悠然と物語っている。

「く、ははは……」

関節のあちこちが捻じ曲がった状態で、エーヴィヒは肢体を投げ出して天を見上げていた。

まさしく満身創痍といった状況にも拘わらず、しかし彼は笑っていたのだ。長年探していた宝物を見つけたかのように、瞳をギラギラと輝かせながら。

「そういう、事か。その力……太古の時代……神代のものだろう……？」

「……」

「……しかし、となると神々は実在していたのか……？　くく、ははは。傑作だな。抜け穴を孕んだ世界を創造した神々とやらの力は、それを見越していたかのように俺様とは相性が良いか……。いやむしろ逆か？　しかし……くく、見えてきた。見えてきたぞ、つまり俺様の至るべき極致とは——」

「想定より、洞察力が高いらしい。だが、ここで消せばなんの問題もない。やれ、【人類最強】」

「承知した」

【人類最強】が拳を握り潰す。

次の瞬間、エーヴィヒの体は文字通り潰された。勢いよく血と肉の塊が弾け飛び、周囲を赤く濡らす。後に残るのは、文字通りエーヴィヒだったものだけ。

それを見ても、【人類最強】の表情に変化はない。掃除とばかりに足元の残骸を蹴りのけて、彼は男の方へと顔を向けた。

「【■■力】の調子はどうだ？　何より、器は問題ないか？」

「問題ない。全て正常に作動している。器に関しても壊れる気配は微塵もなく、むしろ調子が良い」

「そうか。ならば一先ず、実験の第一段階は成功といったところか。……先程の奴はどうだった？　先の女と違い、それなりの肩慣らしにはなったか？　お前レベルの領域となると、俺なんかではとてつもなく凄まじいことしか分からないのだ」

「強かった。【■■力】を扱えない時の自分では、おそらく勝てない」

そう言った青年に、男は僅かに目を見開いた。

元より目の前の青年は【人類最強】と呼ばれる存在である。その二つ名は決して軽くなく、文字通り青年は人類最強なのだ。世間的には同格と目される【氷の魔女】や【龍帝】、【騎士団長】が相手でも一対一であれば難なく勝利を得られるであろう程に、目の前の青年は元々突出している。

その青年が「勝てない」と称する。その言葉を、男は決して軽く受け止めない。神妙な表情を浮かべながら、男は口を開いた。

「それほどの傑物だったか」

「実力の高さもさることながら、相性面が大きい。器がある以上ある程度相性は良いだろうが、【■■力】がなければ決定打に欠ける。紅髪の青年は本人の強さ以上に、あの特異な能力が厄介だ。【■■力】がない状態であれば絶対に負けるという話ではないが、確実に勝利できるとは言えん」

「……先の女も有していた不死身の肉体か。確かに、正攻法でアレを突破するのは不可能に近いな」

「そうだ。だが、【■■力】には極端に弱い。故にこれを扱える自分がいる以上、悲観する必要はない。何より、既に下した敵だ。もはやこの世界に存在しない相手である以上、脅威は去ったと見るべきだろう。悲観しすぎるのは、精神に良くないぞ」

「男とは格が違うとはいえ、先の女のような類似する存在がいた以上、警戒は解けんがな。……しかしこうなると、あの計画を早めるべきか」

§

「移民達の状況はどうだ？」

「滞りなく進んでるぜ。俺にはよく分からねえが『ここでなら自分達も生きることができそうです』

てな具合で老人達を筆頭に喜んでたぞ」

「……その発言の前に、その老人達とやらは何を見ていた？」

「神殿の中だったな。例の信仰の儀の時間だから、ボスの言う通りよその国の人間は中を見るのはやめといた方が良いぜって言ったんだが……」

キーランにより伝道された半裸の信仰。

それの隔離政策に成功した俺達の精神は日々日々安寧が齎され、その結果様々な意味で心にゆとりが生まれた。

「なんでむしろ嬉しそうな顔してたんだろうな。俺には分かんねえけど……その表情だと、ボスは分かったのか？」

「なに、単純な話だ。虐げられてきた少数派の拠り所とは、少数派が受け入れられる環境だけという事」

「……？」

「しかし牙の抜けた獣ほど無意味なものもない。少しばかり、矯正が必要ではあるな。帝国には稀少な〝力〟を持った民族もいる。遊ばせておく手はない……まあ、貴様にはあまり関係のない話だヘクター。価値観とは人それぞれであるが故に、な」

信仰対象が俺である以上、神託のような感じで適当なことを言ってしまえば室内で信仰の儀をさせること自体はそう難しくないのだ。キーランの布教やこれまでの俺の行動や今後の活動などの諸問題と矛盾が生じないように微調整が必要なのと、信仰の儀以上に優先事項が多かったから後回しになっただけであって。

（俺だけなら普通に我慢できなくもないが、ヘクター達がな……）

俺一番の忠臣であるヘクターのストレス管理は、俺の中で非常に高い優先順位を誇る。流石に神々の打倒という最優先事項の前では劣るが、それでもなるべく要望を聞き入れてやりたいのが本音だ。

（老執事との再戦の約束も結んだしな。シリルが言うには老執事が「全盛期以上に仕上げる」とか言いだしてるらしいが）

ヘクターにライバル的存在が生まれたのはありがたい話だ。互いに高め合って強くなってくれるだろうし、何より友好的な強者の存在というのは心強い。

（流石に一人で全ての神々を相手にして勝てる領域まで強くなれるとは思えん。世界中の強者を集めて、神々を迎え撃つ形を取らねばな）

原作において降臨していたのはオーディン、ロキ、トール、テュール、ヴァルキュリア、ヘル、フレイヤ、そしてフリッグ、他数柱だったか。このいずれもが最低でもグレイシーと同等の力を有しているとか、何度考えても意味が分からない。

本当に、第三部のインフレ具合はバカげている。

いや一応上限自体は【邪神】とさほど変わるものでもないだろうし、そういう意味ではそこまでインフレしていないのかもしれないが。

（入念に準備しておかねば）

幸いにして、天界から直接現世を見る手段がないことはアニメにおけるオーディンの「ふむ……

随分と、現世は脆くなったと見える。余が在った頃とは大違いだ。まさかこれほど変わり果てたとは。せめて監視の目を置ければ良かったのだがな。ある程度予測はしていたがここまでとは……」というセリフから把握している。

つまり、ある程度の不意打ちは効くはず。

（いずれにせよ、俺一人だけが強くなったところで意味がない。天下統一と強者の選抜、ならびに忠誠を誓わせて【加護】を付与することも重要だ）

クロエ辺りに【加護】を付与すれば、もしかするとそれだけで準【熾天】クラスに至るかもしれない。クロエとは友好的な関係を築けているので、いずれは頼む方針だ。今はまだ、色んな意味で時期尚早なので待ちの段階だが。

「それと同盟を結びたい、友好関係を構築したいって申し出も多いぜ」

「ふん。当然だな」

御前試合は、ドラコ帝国に取り入ろうと考える国も多く参加している。

ならばそのドラコ帝国相手に大立ち回りをしたバベルとも、繋がりを構築しようと考えるのは自然なこと。

他にも、御前試合に参加していた強者なんかも一部はバベルに引き寄せられてくるだろう。

シリルの客を奪った形であり、俺が思い描いていた通りの図式だ。

「……さて」

とりあえず、才能のある存在が現時点でこの国にいるかどうか見てみるか。

原作キャラでなくとも、才能があるなら利用価値は十分だ。

「行くぞヘクター。まずはドラコ帝国からの移民達を、直接この目で見定めるとしよう」

「見定める？」

「私の配下に相応しい者がいるかどうかを見定める。平たく言えば選別だな。使えるものは使う……当然の理屈であろう？」


なおこの結果「身分なんて関係なく重用してくれるのか」みたいな勘違いが発生して信仰心が跳ね上がるのだが、いやそれシリルも似たようなもんだったろ。【龍帝】というだけで毛嫌いしすぎじゃね？　と思った俺は間違っているだろうか。

言葉の価値は〝何〟を言うかではなく〝誰〟が言うかで決定されるみたいな格言を聞いたことはあるが、実物を目の当たりにするとその言葉の意味がよく理解できる。できるが、流石にシリルが可哀想だと思うのは間違いだろうか。

それに何より、本質を見抜けない連中が大半とも言える。

（思考停止で従うだけの人間は雑兵としてならこの上なく使えるが……逆に言えば雑兵以上の価値はない。才能面で使えそうな人間がいた場合、教育が必要だな）

先入観の恐ろしさを改めて感じた瞬間であり――同時に、これは使えると思った瞬間でもあった。

（しかし、成る程な……）

跪く移民達を睥睨しながら、俺は内心で冷徹な笑みを浮かべる。

彼らにとって、俺の言葉はまさしく正義の言葉。少数派の価値観を否定することなく受け入れ、尊重するその姿はまさしく理想の王《好都合な》なのだろう。

であれば彼らの根幹をなすものを否定さえしなければ、彼らは俺の言葉に妄信的に従う。

実に、実に都合がいい。

この世界は前世と同じく、個ではなく群で成り立っている。そしてそうである以上、世論の価値は非常に大きく、ならば――

§

「ねえローラン知ってる？　帝国が御前試合で負けたんだって」

「帝国だけじゃ分からん。大陸にどれだけ帝国を名乗る国があると思ってるんだ……で、どこの帝国だ？　レイラ」

草原で寝転がっていた黒髪の少年――ローランドに、刀を研ぎながら青髪の少女――レイラが問いかける。

それに対してローランドはぞんざいな返事をするも、しかし会話を続ける気はあるのかレイラの方へと顔を向けた。ローランドが自分に意識を向けてくれることが嬉しいのか、レイラの顔が僅かにほころぶ。

「ドラコ帝国」

「大国中の大国とは思わなかった。どこの大国と御前試合をしたんだ？　冷戦を止めるためのきっかけ作りに、御前試合をしたんだろうが……」

「それがね、小国なんだって」

「……嘘だろ？」

唖然、とした様子のローランドに対してレイラは「本当だよ」と軽い調子で答えた。

「いやだって、大国だぞ？　俺達の国だって、聖女の予言がなければ過去に呑み込まれてたかもしれないようなバケモノ国家と同じ規模。小国じゃどうしようもないだろ」

「普通ならね」

「なら」

「【世界の終末】」

続けて放たれたレイラの言葉に、開こうとしていたローランドの口が閉ざされる。

そんなローランドを横目に眺めながら、レイラはゆっくりと刀を掲げた。刃に太陽の光が反射し、その目は僅かに細まる。

「【世界の終末】なんて引き起こせるのはさ、間違いなくとんでもない存在だよ。しかも、国の危機を幾度も救ったとされる〝聖女の予言〟があやふやなんだよ？　それこそ、神様なんて存在が終末を引き起こすのかもしれない。少なくとも、人間の営みを超えた〝何か〟によるものだろうね」

「……」

「そして小国でありながら大国に勝利する。これ、結構とんでもないことじゃない？」

「……つまり？」

「【世界の終末】の原因。今言った小国かもよ、どうする？　ローラン」

「そんなの、行くしかないだろう」

ガシガシ、と頭をかきながらローランドは立ち上がる。横に置いていた黒い長方形の物を腰に差して、彼は軽く背を伸ばした。

「世界の行く末なんてのには興味ないが、その結果俺達の日常が壊されるのなら話は別だ」

ローランドにとって【世界の終末】とやらは極端な話どうでも良い。仮に百年後二百年後の話であれば、彼は動かなかっただろう。

だがしかし、その【世界の終末】とやらは三年以内には起きるという。そうなると話は別だ。他人事《ひとごと》では済まされない。

彼は決して英雄ではない。

自分達が死にたくないから行動する。自分達の〝小さな世界〟を守りたい。ただそれだけの、どこにでもいるごく普通の一般人。予言なんてものがなければ、ローランドはレイラに巻き込まれながら賞金首を狩ったりして故郷でのんびりと過ごしていただろう。それくらいに、彼は普通の人間だ。

「決まりだね」

『つまりようやく、我輩の力が使われるのだな』

「使わねえよ。どれだけ使ってほしいんだ」

『我輩の力は強力だぞ。本当だぞ。神代の力だぞ。ローランお前アレだぞ。大陸最強とか言われている連中程度、我輩の前には無力だぞ』

「貫禄がないから本当かどうかよく分からない。というか、お前が俺のことをローランって呼ぶのは馴れ馴れしいぞ」

「ソルさんは諦めて、鍋敷きとして生きていく方が良いですよ。よし、行こうかローラン」

「これを鍋敷きとして使うには面積小さすぎないか？　あと熱が伝わってすぐ熱くなりそう。もうちょっと大きくならないか？　せめて鍋敷きに使えるくらいに」

『我輩の扱い……』

なんでもない風に会話を交わしながら足を動かした二人の男女。

その二人組を、ジルが見ていたら内心で苦い表情を浮かべながらこう言っていただろう。


――「原作主人公……」と。

おまけ　狂信者達の誕生

バベルの王都に聳《そび》え立つ巨大な城。その前庭に、大勢の人間が集められていた。

「なあ、なんで俺達は集められたんだ？」

「知らねえよ。突然の招集だったからな」

「この敷地に入ったの、実は今日が初めてなんですよね。庭の手入れがよくされていて、偉大な御方のお住まいだとよく分かり……。なんか、怖くなってきましたよ」

「俺もここに入ったのなんて初めてさ。ていうか【レーグル】の方々や、使用人の人達しか入ったことがないんじゃないか……？」

ざわざわ、と喧騒《けんそう》が響く。集められた人々は、近くにいる者同士で言葉を交わしていた。

「見たところ、ここにいるのは俺達のような兵士だけじゃないですね」

「ああ。それに少数だが、村配属の連中もいるな」

「……異例の事態だな。親父から聞いた話じゃ、本当に極々一部の人間以外はこの敷地の一部すら把握できず、内部の様子を把握した人間にしたって、緘口令《かんこうれい》が敷かれて情報が秘匿されているってことだったんだが。これだと、もはや完全公開に等しいぞ」

「門も開きっぱなしで、閉じる様子はないですね……」

「敷地にこそ入っていないが、境界線から覗き見ている人も多いな。街の方にも何かしらの情報伝達があったのかもしれない」

見れば前庭だけでなく、門の前にも多くの人集《ひとだか》りが出来ていた。集まった彼らの胸中は大なり小なり異なるものの、おおよそ一つの疑問に集約される。


即ち、何故自分達は集められたのだろうかという疑問。


この国は非常に閉鎖的だ。それは対外的にだけでなく、対内的にも同様に閉鎖的なのである。それは彼らの会話からも、ある程度窺い知ることができるだろう。

例えば、ここにいる四人の男は国に仕える兵士だが、そんな彼らも城の敷地内に足を踏み入れたことはないし、王の顔を見たこともないのである。

――そう。国の防衛力、軍部を司る兵士ですら、国の〝王〟がどのような人物なのかを知らないのだ。

国民にしたって、それは同様。王の顔を見たことがあるのは、使用人として働くことを許された極々一部の人間だけなのである。国民の九割超が、国を運営している王を知らないという狂気。

率直に言おう。異常である。こんな状態で、君主制であるこの国の運営が上手くいくはずがない。

王とは民を導く柱であり、民を支配する象徴であり、国の力だ。王が姿を見せずに民を導けるはずがなく、不信感を抱く民が出てきてもおかしくないのだから。

だが、それでもこの国は成り立っていた。

「こんなにオープンで、安全面は大丈夫なのかね」

「確かに、警備体制に不安が残りますよね。普段はあの堅牢《けんろう》な門が、盾になっていますが……」

「なんだかんだで、みんな王に不満を抱いていないから大丈夫だろう。それに――」

その理由は単純明快。王は姿を見せないが、それでも王の〝力〟自体は国中の誰もが知っているからだ。統治方法や法制度、内部統制、その他諸々で、国民から不満が生まれることのない政治的手腕。鎖国が成立するだけの外交力。兵士等に支給される備品の質の高さや、都市の開発、衛生面の整備。外部からの干渉を跳ね除ける〝何か〟。平和な日常を回してくれている実績。

そして。

「――それに、見ろ。【レーグル】の御二人だ。あの方達の目を盗んで何事かを起こせる人間なんて、大陸全土を見渡してもいないんじゃないか?」

「……あれが、辺境の町配属の兵士達が称賛していたという方々か」

「そ、存在感が凄いです」

そして、【レーグル】。

先日、〝王の私戦力〟という名目で制度の中に組み込まれた特殊部隊。国や国民の防衛が主な役割の兵団とは若干異なる立ち位置になるが、それでも軍部を司るという面では共通している。常軌を逸した戦闘力を誇る彼らは、その戦闘を目撃した人々から『神のご加護を受けた使徒様』と謳われていた。そしてそんな彼らを従える以上、王の持つ力もまた一線を画すものなのだろう……と、国民が改めて王に対する敬意を抱くに至っている。

「敵対することがあり得ない前提ではあるが……国中の兵士を集めても、御一人にすら勝てる未来が見えないな」

つい先日の件は、国民の記憶に新しい。魔獣の襲撃を察知した王は即座に辺境の町へと【レーグル】を派遣し、その町を救ったというのだ。

その話を聞いた人々は、町を救った【レーグル】と、その【レーグル】を遣わせた王に対して畏敬の念を抱いている。王は、国民を大切に思ってくださっているのだと。決して、自分達に対して無関心ではなかったのだと。

だが、それでも彼らは自分達の〝王〟を知らない。知ることが、できない。

故に彼らにとって、今回城に集められたのはまさに常識を覆されるような出来事だったのだ。誰も王の存在を知らず。城に足を踏み入れたこともない。完全なブラックボックスだったそれら。しかし、その片方は今明かされた。

この場にいる誰もが、まさかと思っていた。あり得ないと思いつつ、しかし期待を抱いていたのだ。自分達の王の御顔を見ることができるのではないか、と。

そして、その時は訪れる。

――――。


いつの間にか、あれほどまで空間を騒がせていた喧騒は消えていた。

(あれ……なんで、俺は口を閉じているんだ?)

とある男はそう自問した。

分からない。分からないが、己は口を閉じなければならないと思い、実際こうして口を閉じている。

見れば男以外の人々も、誰も彼もが口を閉ざしていた。

そして静寂が完全に空間を満たした、まさにその瞬間――立っていることが困難になるほどの重圧が、この場にいる全ての人を襲った。

(な、なんだ……ッ!?)

なんだこれは、と男は感じたことのない重圧に慄《おのの》く。

そして気がつけば、地面に膝を突いていた。立ち上がることはおろか、指一本動かすことすらままならない。

それでもと気を振り絞って視線だけで周囲を見渡せば、誰も直立しているものはおらず、中には顔を真っ白にして泡を吹いている者までもがいた。唯一の例外といえば【レーグル】の御二人くらいだが、その御二人ですら平静を保てていないように見える。黒服の男は全身を震わせ嗚咽を漏らしているように見えるし、軽装の男はどことなく居心地悪そうな様子である。

――噂に聞く【レーグル】の御二人ですら、悪影響を受けるのか。

戦慄する男をよそに、ついに黒服の男は膝を突き、しまいには奇声をあげていた。そして軽装の男は、心底嫌そうな表情を浮かべている。……黒服の男の様子を見てから嫌そうな表情を浮かべたように見えなくもないが、おそらく気のせいだろう。

(何が……)

何が起きたんだ、男がそう思った時だった。


「成る程。これでも加減はしていたが……それでも足りぬ、か」


青年のような声を、男は聞いた。

そして直後、先程まで体を襲っていた重圧が霧散する。

「許せ。こうして表に出るのは久方ぶりでな」

重圧が消えたことに安堵の息を吐き、男は顔を上げた。

そして、見た。

「常人にとっての限度というものを、少々失念していたらしい。私の王威が常に増していることも、一因ではあるだろうがな」

男が見たのは〝王〟だった。

見た目は想像より遥かに年若い。それこそ、外見は十代後半くらいに見える。しかしそれが、却《かえ》って王の神聖さを具象化させていると男は思った。

神々しさすら感じさせる透き通った銀髪に、澄み渡った青紫色の瞳。

佇むその姿には何者にも侵されない絶対性が。こちらを睥睨するその視線には森羅万象を見抜くであろう先見性が。彼の姿から放たれていた。

この御方以外が王などあり得ない。ただそこに在るだけでそう思わせる程の〝貫禄〟を、王は身に纏っていた。

「ほう」

気づけば跪き、首《こうべ》を垂れていた。

説明など不要。あの御方こそが我らの王であり、世界を統べるに相応しい御方であると、考えるまでもなく理解していた。


——絶対の忠誠を、この御方に捧げよう。


何をされるまでもなく、忠臣ならぬ信奉者へと、男は生まれ変わっていた。

「……貴様達のその様子を見るに、説明は不要であろうが、私の名前はジル。この国の王である」

ジル。なんと尊きお名前であろうか。

美しい声音にて紡がれた、この世界で最も尊き名を聞いた男は、気がつけば感動のあまり涙を流していた。

「……」

いや男だけではない。王以外の全ての人間が、歓喜に打ち震え涙を流していた。皆の嗚咽《おえつ》が、空間を満たしていく。中には感極まりすぎたのか「さ、最高ですわ……！　全身の震えが止まりません……！　熱を、帯びて……！」なんて叫び声が門の方から聞こえてくるほどだ。

しかし、それでも泣くのをやめなければならない。

嗚咽を漏らしていては、王の御言葉に雑音が混ざってしまう。それは決して、許されることではない。

そう結論づけた男は涙を止め、表情を引き締めた。

これから自分達は王の啓示を受けるのだ。ならば、全神経を集中させねばならない。

「……いや、目的は果たした。私は貴様達の忠義を知りたかったのだ。何せ、私は今この瞬間まで、貴様達に顔を見せたことがなかったからな。貴様達の反応を見定めてやろうと――」

――絶対の忠誠を誓います。

男は内心で、そう強く断言した。

本当は声をあげたかったが、しかし、王の言葉を妨《さまた》げる雑音を発してはならない。そう思ったからこそ、男は言葉ではなく、態度で、想いで王への忠義を示す。そしてそれは男に限らず、この場にいる者全ての総意であった。

「……ふん」

そして、その想いは伝わったのだろう。言葉は少なかったが、理解を示すかのように首肯してくださった王に、男は涙を流しかけた。

「では、私は戻る。目的は果たした故にな。今後はこうして顔を見せる機会も増えよう。加えて、国としての方針も変化していくだろう。それだけを胸にしまっておけ」

視線は地面に向けている。故に、実際に見た訳ではない。しかし、それでも王がこちらに背を向け悠然と立ち去っていく様子が鮮明に脳裏に浮かび——男は、恍惚とした表情を浮かべていた。

やがて、空気が切り替わる。

王がその場から立ち去ったことで、重圧が霧散したからだ。それから数瞬の間、静寂は続き——爆発的な歓声が、王都を揺るがした。

「あれが、我らが王！」

「俺は服を脱ぐぞ！　キーラン様からご教示いただいた忠誠の儀を、今こそ示す時……！」

「い、今！　服を、服を脱ぐと仰いましたか!?　名実共に、わたくしよりもお偉い方から、服を……!!

ああ、あの御方の権力でわたくしを！　わたくしを……‼」

「ジル様……！　私が自らの愚かさを知り、忠誠と信仰を誓った時より、御威光を加減されていた……！　想像を絶する窮屈《きゅうくつ》さを抱いておられただろうに、それを表に出さないとは……！　なんと、なんという慈悲深さ……！」

「……ボス。ほんとにこれで良かったのか？」

あとがき

この度は『かませ犬から始める天下統一』の第二巻を読んでいただき、誠にありがとうございます。

お金を出してご購入頂く作品であると思うと、締切ギリギリまで無限に加筆修正してしまうのが悩みです。

そんな感じで、今巻もＷＥＢ版から細かく変更しています。特にキャラの関係性の深掘り辺りを楽しんで頂ければ。後、読みやすくなってると嬉しいです。

正直、今でも本作がこうして書籍化したことに驚きを感じている自分がいます。ＷＥＢ連載時から応援してくださっている方々はご存じの通り、本作が小説家になろう様でランキング一位を取って爆発的に伸びたことはないですし、連載開始から二年（?）くらい経っても特に音沙汰なかったしで、「書籍化してえなあ」とは思いつつも、何もありませんでした。なんなら、途中からは諦めてました。

なのでオファーを頂いた当時は「マジで？」となりました。タイミングが凄かったので尚更。

某夢の国のショーの一つに「諦めなければ願いは叶うんだぜ！」みたいなことを伝えてくれる演目があり。それを見た後「自分にもそんな時代があったなあ」とか斜に構えたことを思って、けどその後に「もう一度頑張るか」と思ったんですよね。

そして小説家になろう様を開いたら、オファーのご連絡が。

――運命……感じちゃいました。

そんな運命的な巡り合わせで、本作は書籍化したのです。めでたい。

さて。ではそんな作者から、本作品を楽しんで頂いた読者の皆様方――の中でも、この後書きにまで目を通して下さっているあなた。あなた様にガチのお願いがございます。

「真に良い作品は、勝手に広がっていくものなのさ……」なんて考えていたそんな過去の自分をぶん殴り、図々しくお頼みします。

——本作を布教して頂けないでしょうか？

布教相手は学校のご友人でも、お稽古事のご友人でも、職場のご友人でも、部活の先輩後輩顧問の先生でも、ご家族でも、趣味友でも、親が決めた婚約者でも、異世界転移先のご友人でも、どなたでも構いません。ＳＮＳに投稿でも構いません。どうか『かませ犬から始める天下統一』って作品が面白かったから読んでみて」くらいに、かるーく本作品を広めて頂きたいのです。

この世界は書籍化まで辿り着いた作品であっても無慈悲に消えてしまいます。本作も例外でなく、ぶっちゃけ作者は毎日ヒヤヒヤしています。なのでどうか、布教をお願いします！

なお、本作の読者様だと「キーランレベルの布教」をお考えになられるかもしれませんが、アレは人類にはまだ早いです。「俺は教室で服を脱いで布教するんだ」という方がいれば作者は止めます。

と。長々語りましたが、最後に謝辞を。

担当編集のＹ様、誠にありがとうございます。ガチのギリギリまで文章の変更修正願い出し続けていてすみません。

イラストを描いてくださった狂ｚｉｐ様。色々と本当にありがとうございます。光と影の使い方、魅せ方が本当に大好きです。今回は特にセオドアとレイラと〇〇のデザインが刺さっています。

読者の皆様。本作を手に取って頂き大変ありがとうございます。実質本編なアンケートＳＳにもお目通しいただけますと幸いです。

その他本作の制作に携わってくださった方々に大きな感謝を。

また会えたら会いましょう。

GC NOVELS
ハイブルク家
三男は
小悪魔
ショタです
The third son of the Heiburg family is a little devil shota
1
腹黒転生ショタ
×
イケメン男装令嬢
魅惑のおねショタペア登場!!
デンセン イラスト／ごろー＊
第①巻 好評発売中

GC NOVELS

かませ犬《いぬ》から始《はじ》める
天下統一《てんかとういつ》 2
～人類最高峰《じんるいさいこうほう》のラスボスを演《えん》じて原作《げんさく》ブレイク～

2024年5月5日　　初版発行

著　者　弥生零《やよいれい》

イラスト　狂zip《きょうじっぷ》

発行人　子安喜美子

編　集　弓削千鶴子

装　丁　横尾清隆

印刷所　株式会社平河工業社

発　行　株式会社マイクロマガジン社
〒104-0041　東京都中央区新富1-3-7　ヨドコウビル
[販売部]TEL 03-3206-1641／FAX 03-3551-1208
[編集部]TEL 03-3551-9563／FAX 03-3551-9565
https://micromagazine.co.jp/

ISBN978-4-86716-568-3　C0093

本書は小説投稿サイト「小説家になろう」(https://syosetu.com/)に掲載されていたものを、加筆の上書籍化したものです。